KB189929

단단한 사랑이 있는 한,
넘어지지 않는다

Original Title: 这世界偷偷爱着你
Text by: 辉姑娘

끝까지 견뎌
기적을 만든 너에게
전하는 세상의 목소리

단단한 사랑이 있는 한,
넘어지지 않는다

후이 지음
최인애 옮김

이든서재

결국 모든 것이 나를 위로하고 있어

한때 이런 생각을 한 적이 있습니다. 누군가에게 무슨 일이 생기면 평소 쳐다보지도 않던 하늘을 바라보고 '도와 달라'고 이야기합니다. 그런데 70억 인구가 모두 하늘을 보고 '도와 달라'고 하면 과연 하늘은 이 중 누구를 도와줄까? 나라는 존재는 알고 있을까? 나보다 힘든 사람도 굉장히 많을 텐데 나의 수고는 하늘에 닿기도 전에 사라지지 않을까…. 결국 나의 수고는 나만 알면 되는 걸까?

하지만 그리 길지 않은 나름의 생을 살아보니 하늘은 문득문득 나를 내려다보며 언제 어디서든 나를 지켜봐 주고 있다는 생각이 들었습니다.

고단한 하루를 끝내고 집으로 돌아와 침대에 누워, 무심히 켠 라디오에서 나의 플레이리스트 중 가장 애정하는 곡이 흘러나올 때, 우연히 들른 집 앞 편의점에서 좋아하는 맥주가 세일가로 판매될 때, 지친 퇴근길, 마치 이제 오냐는 듯 식빵 자세로 앉은 길고양이가 나를 빤히 바라보며 가르릉 거릴 때, 이럴 때 세상은 나를 지켜봐 주고 있다는 느낌이 듭니다. 마음은 충만해지고, 갑자기 손아귀와 발바닥에 잔뜩 힘이 들어갑니다. 그렇게 '으쌰' 하루를 견디는 힘이 불끈 솟아오릅니다.

그렇습니다.
이 세상은 나를, 그리고 그대를
도울 만한 힘이 충분합니다.
그리고 그 단단한 사랑을 받는 한,
우리는 절대 넘어질 리가 없습니다.

때로는 좋은 끝맺음이 새로운 시작으로 이어지기도 합니다. 끝이라는 것이 늘 마음을 힘들고 고되게 하지만, 그 마무리로 인해 우리는 새로운 인연을 시작합니다.
긴 시간을 부대끼며 웃음을 뱉어내고, 울음을 토해냈던 많은 인연은 어쩌면 유통기한이라는 것을 갖고 있는지도 모릅니다. 서서히 색이 바래고 마무리를 지어야 한다는 내음이 날 때 우리는 과감히 슬픔을 접고 끝을 맺어 앞으로 나아가야 하겠죠. 그러면 또 신선한 만남이 우리를 기다리고 있다는 것에 들뜰 테니까요.

그렇게 매일이 모여 1년이 되고, 10년이 되고 인생이 될 것입니다. 힘들지만 포기하지 않고 열심히 살아가는 나는 아마도 어디서든 잘 살아내겠죠.

번화한 도시의 한구석에서,
한적한 마을의 넓은 들판에서,
짠내가 진동하는 따듯한 모래밭 어느 구석에서….

우리는 모든 것이 처음인 듯 살아야 합니다.
절대 변하지 않기를 바라지 말고, 그럼에도 쉽게 싫어지지 않기를 바라야 합니다.
그것이 쉽게 변하는 사람과 세상 속에서 그나마 상처받지 않고 사는 지혜일 겁니다.
내가 나를 포기하지 않으면 세상도 나를 포기하지 않습니다.
전혀 기대하지 않은 순간 불현듯 마주치는 따스함과 온기, 비참하고 어둡게만 보이던 인생을 조금씩 바꾸는 용기가 그 사실을 증명하겠죠.

나는 나를 사랑해

저는 시간을 잘 따지는 사람이 아닙니다. 얼마나 시간이 흘렀는지 생각하다 보면 거스를 수 없는 세월의 흐름이 느껴져 어쩐지 슬퍼지거든요. 하지만 글에 있어서 만큼은 시간의 흐름을 꼭 따지고 반기는 편입니다.

글은 묵으면 묵을수록, 다시 말해 세월의 세례를 받을수록 무게감이 더해지기 때문이죠. 물론 세월이 흐른 만큼 더 많은 사람에게 읽혔다는 뜻도 되고요.

누군가는 기억하고, 누군가는 잊었겠지만 말입니다

시간이 흐르며 저도 참 많이 변했습니다. 새 책을 펴내고, 새로운 일도 시작했지요. 심적으로도 많은 변화가 있었습니다. 하지만 세상을 보는 시선만큼은 여전합니다. 시간이 날 때마다 저는 국내를 돌아다니며 여러 가지 일을 경험하고 마음에 듬뿍 담아 왔습니다. 나고 자란 만큼 이미 잘 안다고 생각했던 이 땅에 그토록 새로운 면모가 많을 줄 몰랐습니다.

역시 어디든 떠나고 볼 일입니다. 아주 즐거웠습니다.

여태껏 살면서 한순간에 업계 유명인사가 된 젊은 친구도 봤고, 파산 위기에서 인생 역전을 해낸 사장님도 봤습니다. 난치병에 걸렸다 기적적으로 회복한 환자도, 편벽한 시골 마을에서 백세 장수를 누리는 노인도 만나 보았지요.

그들은 모두 하늘의 보살핌을 받은 사람들이었습니다.
그들을 떠올리면 '행운'이라는 단어가
절로 함께 떠오릅니다

하지만 조금 더 가까이 다가가 자세히 들여다보면 미처 보지 못했던 부분을 발견하게 됩니다.
한순간 유명인사가 된 젊은 친구가 사실은 5개 국어를 능숙하게 하기 위해 얼마나 많은 준비를 해 왔는지를, 파산의 위기에서 인생 역전을 겪은 사장님이 사실은 최악의 순간에도 수십 페이지에 달하는 사업 계획서를 쓰고 기획할 만큼 냉정과 열정을 잃지 않았다는 것을.
난치병을 선고받은 환자였지만, 그 이후 죽음을 이겨낼 만큼 혹독한 생활과 음식 조절, 초긍정적인 마음가짐으로 삶에 더욱 매진했다는 것을. 백세 노인이 세상 그 누구도 부러워하지 않고, 언제나 자신에게 주어진 모든 것을 감사히 여기며 늘 평온한 마음을 유지했다는 것을. 이들은 부러움을 살 만합니다. 하늘의 지시를 받듯 천운을 받은 인생들인 것 같습니다.
하지만 이들에게는 '행운' 말고도 또 하나의 공통점이 있었습니다. 바로 행운이 오기 전부터 스스로에게 빚을 남기지 않는 사람들이었다는 점입니다.
이들의 인생을 부러워만 하지 않고 또 다른 깨달음을 얻을 수 있는 사람은 자신의 인생도 풍성히 만들 수 있을 겁니다.

이 세상은 당신을 온 힘을 다해 사랑하고 있습니다.
하지만 더 중요한 게 있습니다.
세상이 당신을 사랑하기 전에 당신이 먼저 자기 자신을
사랑해야 합니다.
나는 나를 사랑합니다. 당신은 어떤가요?

저자 후이

1장.

흔하디흔한
사랑타령이지만

빈 마음이

그대의 시선으로

채워질 수 있다면

·
·
·

배울 만한 장점과
보완할 수 있을 정도의
단점만 있어야 서로 채워 주는
사이가 될 수 있다.

1

윤희는 두 번 결혼했다. 첫 번째 결혼은 아직 새파랗게 젊을 때, 대학을 졸업하자마자였다. 왜 그리 결혼을 서두르냐는 질문에 그녀는 이렇게 말했다.

"나랑 이렇게까지 닮은 사람은 평생 찾을 수 없을 것 같아서."

윤희의 말대로 그녀와 첫 남편은 부부라기보다 이란성 쌍둥이, 혹은 태어나면서부터 함께할 운명으로 묶인 사람들 같아 보였다. 둘은 같은 해, 같은 달에 태어났고, 같은 도시에서 나고 자라 같은 대학의 같은 학과를 졸업했다. 둘 다 달달한 음식과 공포영화, 만화책을 좋아했고, 심지어 왼손잡이인 것마저 같았다. 외모마저 같다면 '도플갱어'라 불릴 만했다. 아마 살면서 이렇게까지 자신과 닮은 사람을 만나기란 하늘의 별 따기일 것이다. 그래서 윤희는 자신을 행운아로 여겼고, 그와의 결혼을 조금도 망설이지 않았다. 주변 사람들 역시 두 사람이 오래도록 행복하게 살기를 진심으로 축복하고 기원했다. 그러나 3년 후, 그들이 헤어졌다는 소식이 들려왔다.

두 사람은 편안하게 헤어졌다. 다툼도 눈물도 없었다. 윤희의 말을 빌리자면 "서로가 서로를 너무 잘 알기에, 헤어지자는 말을 꺼내기도 전에 상대가 동의한" 그런 이별이었다고 했다.
그렇게 서로를 잘 알고 이해하는데 어째서 헤어진 것일까? 윤희는 쓴웃음을 지었다.

"어쩌면 그래서였을 거야. 서로 너무 잘 알아서, 너무 닮아서. 모든 게 익숙하고 예상 가능해서. 그 사람과 살면 아마 늘 같은 음식을 먹고, 같은 친구들을 만나고, 매년 같은 곳으로 휴가를 떠나서 같은 호텔에 묵겠지. 심지어 섹스도 늘 똑같을 거야. 내가 새로운 자세는 어색해서 싫다고 하면 기다렸다는 듯 자기도 그렇다고 대답하는 사람이었거든."

그러던 어느 날 문득, 그녀는 그와 사는 한은 평생 새로움을 느낄 수도, 낯선 것을 배울 수도 없으리라는 사실을 깨달았다.
그가 이해하는 것은 그녀도 다 이해했다. 그가 이해하지 못하는 것에는 그녀도 흥미를 못 느꼈다. 그가 그녀에게 밀란 쿤데라의 작품을 추천할 가능성은 제로였다. 그 자신부터 전혀 읽지 않기 때문이다. 그녀가 그에게 아시아에서 가장 높은 롤러코스터를 타보자고 제안할 일역시 없었다. 그녀에게 그럴 용기가 없는 만큼 그 또한 절대 타지 않을 것을 알기 때문이다. 그들은 예술영화를 본 적이 없고, 겨울 스포츠를 즐기지 않았으며, 매운 음식은 시도조차 하지 않았다. 둘 다 금융을 전공하고 관련 계통에 종사하고 있어 서로에게 새로운 분야의화제를 들을 일도 거의 없었다.

작년 그녀의 생일에 그는 그녀가 정말 좋아할 만한 선물을 준비했다고 했다. 그녀는 짐짓 기대하는 척했지만 사실 선물이 무엇인지이미 짐작하고 있었다. 아마도 그녀가 제일 좋아하는 브랜드의 향수겠지. 마침 향수가 떨어져 간다는 것을 그도 아니까. 그는 그녀가 좋아하는 것의 대부분을 알았고, 그녀는 그가 자신이 늘 사용하던 것만선물한다는 사실을 알았다. 얌전한 포장의 선물 박스 안에 짐작한 대로 향수가 들어 있는 것을 본 순간, 윤희는 이별을 결심했다.

"어렸을 때 엄마가 내게 늘 하던 말이 있어. 너의 모자란 부분을채워 줄 수 있는 사람과 결혼해라, 그래야 오래갈 수 있다. 그때는 무슨 말인지 몰랐는데 지금은 그 말을 절절히 실감하는 중이야. 나랑 똑같은 사람이 아니라 전혀 다른 사람을 만났어야 해.그래야 서로 채워 줄 수도 있고, 사는 재미도 있지."

윤희의 눈에 묘한 갈망이 번뜩였다. 완전히 새로운 것을 기대하는 눈빛이었다. '나와 전혀 다른 사람을 만나서 전혀 다른 인생을 살고 말 거야.' 그렇게 선언하는 듯했다.

2

두 번째 결혼은 신중하게 접근했다. 수없이 많은 선을 봤고, 소개팅이나 우연한 만남도 마다하지 않았다. 그리고 마침내 윤희는 수현이라는 남자를 만났다.

도시에서 풍족하게 자란 그녀와 달리 수현은 작은 산골 마을에서 태어나 궁핍한 환경에서 어렵게 스스로 생활비와 등록금을 벌어가며 대학까지 마친 자수성가형 인물이었다. 그는 IT 계열에 종사하고 게임을 좋아했으며, 소설은 전혀 읽지 않았다. 윤희가 가장 신선하게 느낀 부분은 그가 군사학과 정치학에 해박한 지식을 갖고 있다는 점이었다. 그들이 처음 만났을 때, 수현은 무려 두 시간 동안 중동과 관련된 국제 정세에 대해 떠들어댔다. 전혀 알지 못하는 분야였기에 윤희는 외려 흥미진진하게 들었고, 눈앞의 남자에게 지대한 호기심을 느꼈다. 윤희는 진지한 얼굴로 이렇게 분석했다.

"그는 나랑 완전히 다른 세상의 사람 같아. 사실 그 점이 제일 좋아. 서로에 대해 모르는 부분이 있으니까 늘 궁금해할 수 있잖아. 이런 사람과 함께라면 평생 지루할 일은 없을 거야. 안 그래?"

수현과 결혼하고 몇 년 동안 윤희는 이전에 상상조차 해 보지 않은 일들을 많이 경험했다. 그의 손에 이끌려 난생처음 겨울 산행을 해 보았고, 냄새만 맡아도 눈물이 나는 매운 짬뽕도 먹어 보았다. 수현은 그녀의 생일마다 다른 선물을 주었다.

그런데 이상하게 갈수록 윤희는 점점 짜증이 늘고 쉽게 화를 냈다. 부부싸움이 잦아지고 각방을 쓰는 날도 늘었다. 친구들과 만날 때 역시 넋을 놓고 있거나 별것 아닌 말을 예민하게 받아들여 벌컥 성을 냈다. 결국 친구들도 그녀를 피하기 시작했으며 몇몇은 아예 연락을 끊었다.

대체 그녀에게 무슨 일이 벌어진 것일까? 윤희를 진심으로 걱정하는 친구 몇이 작정하고 그녀를 불러냈다. 걱정 어린 질문과 안타까운 하소연 끝에 마침내 그녀가 주저하며 입을 열었다.

"…나도 내가 왜 이러는지 모르겠어. 그냥 요 몇 년간 내 감정 상태를 솔직히 말해 볼게. 너희들이 판단 좀 해 줄래?"

윤희의 표정은 꽤나 심각했다.

"결혼하고 나서 같이 살아보니까 우리 둘이 얼마나 다른 사람인지 알겠더라. 과장 좀 보태서 말하면 정말 하나부터 열까지 다 달라. 그런데 그게…, 생각보다 너무 힘들었어."

예를 들어 함께 쇼핑을 가면 수현은 화들짝 놀라며 이렇게 말한다고 했다.

"겨우 티셔츠 한 벌에 이 가격이라니 말도 안 돼. 당신, 남편 월급은 얼마인지 알지? 설마 나더러 더 벌어오라고 압박 주는 거야? 우리 엄마는 이 돈이면 한 달을 먹고살아!"

두 사람은 경제 관념만이 아니라 사는 모습도 전혀 달랐다. 윤희가 자기 전에 책을 읽으면 수현은 자기 방에서 컴퓨터 게임을 하거나 웹서핑을 했다. 거기서 끝이면 좋으련만 기사를 보면서 습관적으로 욕을 퍼붓는 게 문제였다. 특히 정치나 국제 정세와 관련해서 울분을 토하는 경우가 많았다. 처음에는 윤희도 흥미롭게 들었지만 얼마 지나지 않아 수현이 이성적인 분석을 하는 게 아니라 단지 스트레스 해소용으로 욕을 할 뿐이라는 사실을 눈치챘다. 나중에는 그가 기사를 보며 내뱉는 욕설을 듣기만 해도 심장이 떨리고 두통이 몰려왔다.

신혼 초까지만 해도 윤희는 퇴근 후 직장에서 있었던 일을 수현에게 이야기했지만 어느 순간부터 더는 말하지 않았다. 자신은 그저 그날 하루를 공유하고 싶었을 뿐인데, 수현은 들으면서 화를 내거나 욕을 했기 때문이다.

"그 동료 자식이 못돼 먹었네! 일도 더럽게 못 하는 새끼, 그걸 그냥 두고 봤어? 아니, 당신네 사장도 병신 아니야? 다 똑같은 놈

들아냐!"

자기 직장에서 있었던 일을 이야기할 때는 훨씬 더 가관이었다. 누구든 그의 입만 거치면 밥값 못하는 무능력자에 성격파탄자로 돌변했고, 바보천치에 일말의 쓸모도 없는 인간으로 전락했다.

그런 그의 영향을 받았기 때문일까. 시간이 갈수록 윤회 역시 성마르고 조급하며 화를 잘 내는 성미로 변해 갔다. 그리고 그렇게 변한 자신을 의식할 때마다 고통에 몸부림쳤다.

"나는 그저 내 부족함을 채워 줄 수 있는 사람을 찾았을 뿐이야. 그런데 대체 왜 이런 꼴이 되어 버렸을까?"

나는 한참 생각하다 그녀에게 물었다.

"네가 채워지길 바랐던 부분은 결국 뭐였어?"

그녀는 텅 빈 눈으로 나를 바라보았다.

"아마 같이 롤러코스터를 타러 가는 것 정도의 단순한 부분이었을 거야. 그렇지?"

채식을 즐기는 사람과 육식을 즐기는 사람이 서로를 채워 준다면 두 사람은 균형 잡힌 식사를 할 수 있게 된다. 그러나 '다름'만 찾느라 채식도 육식도 아닌, 전혀 다른 제3의 식성을 가진 사람이 있을 수도 있다는 사실을 간과한 것이 그녀의 문제였다. 단순히 제3의 식성을 가졌을 뿐만 아니라 자신의 식성만을 옳다고 여기며 다른 것들은 배척하고 비난하는 사람을 만난 것이 불행의 시작이었다.

나는 연애소설을 좋아하는데 상대가 SF영화를 좋아하는 것은 문제가 되지 않는다. 그러나 도박을 좋아한다면 문제다. 나는 쇼핑, 상대는 여행을 좋아한대도 갈등의 소지가 없다. 그러나 성실히 노력하며 사는 것을 당연하게 여기는 나와 달리, 상대가 나태하게 집구석에 틀어박혀 게임만 한다면 갈등이 폭발하는 것은 시간문제다.

사자끼리 만나면 성격이 달라도 서로 힘겨루기를 하며 상대를 알아가고, 사냥 기술을 익히고, 결국은 좋은 동반자가 된다. 그러나 사자와 하이에나가 만나면 사자가 하이에나를 물어 죽이거나 혹은 사자가 하이에나에게 물려 상처를 입을 수밖에 없다. 어느 쪽이든 사자 입장에서는 시간 낭비일 뿐이다.

붉은색과 파란색이 섞이면 오묘한 보라색이 되고, 노란색과 파란색이 섞이면 싱그러운 녹색이 되며, 붉은색과 노란색이 섞이면 따스한 주황색이 된다. 그러나 어떤 색도 검은색과 섞이면 돌이킬 수가 없다. 그저 검은색이 되고 만다.

결혼으로 서로의 부족함을 채워 줄 수 있으려면 두 사람 모두 상당한 수준의 성숙함과 배려심이 있어야 한다. 그렇지 못하다면 최소한 둘 다 긍정적 에너지가 있어야 한다. 즉, 다른 부분은 전부 다르더라도 에너지의 방향만큼은 같아야 한다.

내게 끈기가 있다면 상대에게는 융통성이,
내게 용기가 있다면 상대에게는 신중함이,
내게 감성이 있다면 상대에게 이성이 있어야 한다.

적어도 서로 배울 만한 장점과
보완할 수 있을 정도의 단점만 있어야 한다.
그래야 서로 채워 주는 사이가 될 수 있다.

그러나 긍정적 에너지를 가진 사람이 부정적 에너지를 가진 사람을 만나면 부정적 에너지가 보완되는 게 아니라 긍정적 에너지가 사라져 버린다. 근묵자흑近墨者黑, 그저 똑같이 부정적 에너지를 가진 사람이 되어 버리는 것이다. 이런 관계에서는 아무리 노력한들 서로의 부족함을 채울 수 없다.

감정은 재물보다도 얻기 어렵다. 사람은 재물을 내어줄 때보다 감정을 내어줄 때 훨씬 더 깐깐하고 까다롭게 따진다. 그렇게 어렵게 감정을 나누고 만난 관계에서 줄 것도, 얻을 것도 없다면 얼마나 절망스럽겠는가. 더 나은 내가 되고 싶어서 만난 사람이 오히려 나를 망치는 주범이라면, 이 얼마나 비참하고 슬프겠는가.

사랑의 문 앞에서 우리는 언제나 망설이고 헤매고 갈팡질팡하며 더 나은 자신이 되기를, 혹은 그런 자신으로 만들어줄 사람을 만날 수 있기를 갈망한다. 그러나 그러려면 나와 모든 면에서 대등한 사람을 만나야 한다. 그래야 받을 수도 있고, 줄 수도 있다.

서로가 서로를 보완하면
서로에게 이득이 될 수 있다.
그렇지 않으면
그저 잘못된 만남일 뿐이다.

.

.

.

사랑보다

더 위대한

그것

.
.
.

품위 있는 사람과의 결혼은
최소한의 안전장치를
확보하는 것이다.

1

왜 나를 사랑해?

그가 물었을 때 나는 선뜻 대답하지 못했다. 곰곰이 생각해 보았지만 딱히 떠오르는 게 없었다. 외모? 키? 직업? 수입? 모두인 것 같기도, 전부 다 아닌 것 같기도 했다.

사랑은 끌림에서 시작된다지. 그럼 나는 그의 무엇에 끌렸을까?

그래, 아마도 나는 그의 품위에 끌렸을 것이다.

잠시 옛날이야기를 해 보려 한다.

대학 시절에 잠시 호감을 느낀 남자 선배가 있었다. 큰 키에 잘생기고 심지어 공부도 잘했으니 저절로 눈길이 갔다고나 할까. 과 수석으로 들어와서 학기마다 장학금을 놓치지 않던 그가 그때는 참 멋져 보였다. 그러다 그 선배와 함께 과 모임을 기획하게 됐다. 난 동기들에게 연락하는 일을 맡았고, 선배는 음식점을 예약했다. 전화를 돌리는 사이사이 선배가 음식점에 예약을 문의하는 통화 소리가 들렸다.

"여보세요, A 식당이죠? 오늘 저녁 7시에 10명 식사 예약하려고요. 네, 단독 룸으로 가능할까요?"
"여보세요, B 주점이죠? 오늘 저녁에 예약 좀 하려고 하는데요. 저녁 7시, 10명이요."

선배는 이렇게 여러 곳에 예약 전화를 걸었다. 이상함을 느낀 나는 선배가 통화를 마치길 기다렸다가 물었다.

"벌써 여러 곳에 전화한 것 같던데 설마 다 예약이 안 된대요?"

그는 잠시 멍하게 나를 보더니 이내 웃음을 터뜨렸다.

"아냐, 전부 예약했어. 그냥 여러 곳 잡아 둔 거야. 예약하는 데 돈 드는 것도 아니고 뭐 어때. 애들 모이면 어디로 갈지 물어보고 그리로 가자."

그는 의기양양하게 눈을 찡긋했지만 나는 그만 할 말을 잃고 말았다.

선배가 졸업한 뒤, 나는 더는 그와 연락하지 않았다. 어설프게 타던 썸도 자연히 사라졌다.

재밌는 점은 나 말고도 대부분의 동기가 그와 연락을 끊었다는 것이다. 그뿐만 아니라 마치 그런 사람은 존재한 적조차 없다는 듯 아무도 그를 떠올리지 않았다.

자영업자들이 하루하루 얼마나 힘들게 버티는지, 알 만한 사람은 다 안다. 하루하루가 생존 싸움이라 해도 과언이 아니다. 만약 손님이 예약해 놓고 오지 않는다면 얼마나 손해가 클까? 그런데도 예약금 한 푼 요구하지 않고 예약을 받아 주는 까닭은 암묵적 신뢰가 있기 때문이다. 약속을 했으니 반드시 올 것이라는 믿음.

그 믿음을 아무렇지도 않게 저버리면서 양심의 가책 하나 느끼지 않는 사람은 대체 어떤 사람일까? 품위가 부족한 사람이라 해도 되지 않을까?

'하나를 보면 열은 안다.'는 말이 있다. 타인을 이렇게 대하는 사람은 친구도, 애인도, 동료도, 심지어 가족도 이런 식으로 대할 수 있겠지. 그런 사람이라면 아무리 대단한 인재라 한들 누구에게도 환영받지 못할 것이다.

많이 배운다고 저절로 품위가 생기는 것은 아니다.
지식에 자기 수양이 더해질 때,
비로소 품위가 생긴다.

2

친구가 주선한 소개팅에 나갔을 때의 일이다.
약속된 카페에 도착하니 명품 양복을 차려입은 남자가 환하게 웃으며 악수를 청해 왔다. 훤칠하고 예의 바른 모습, 첫인상은 나쁘지 않았다. 마실 것과 먹을 것을 주문하고 자리에 앉자마자 남자는 능수능란하게 대화를 이끌어 갔다. 주로 자신이 세계 각지를 여행하면서 얻은 견문을 신나게 늘어놓았다. 내가 이야기를 너무 잘 들어 줘서 그런가, 남자는 잔뜩 흥이 나서 자기도 모르게 전자 담배를 피우기 시작했다. 그러자 그의 모습을 본 아르바이트생이 다가와 '실내에서는 금연이니 담배를 꺼 달라'고 부탁을 했다.
남자는 신경질적으로 담배를 끄며 잔뜩 화가 난 어투로 이렇게 내뱉었다.

"이거 전자 담배야, 니코틴 없어서 피해도 안 준다고. 무식하기는. 뭐 대단한 가게도 아닌데 예민하게 굴어?"

잠시 후 주문한 커피와 케이크가 나왔다. 그런데 채 포크를 들기도 전에 남자가 소리를 질렀다.

"이게 뭐야, 벌레잖아!"

눈을 크게 뜨고 자세히 보니 과연 접시 가장자리에 날파리 한 마리가 붙어 있었다.
곧 아르바이트생이 당황한 얼굴로 달려와 연신 사과하고 새로운 케이크를 가져다주겠다고 했다. 하지만 그는 입가를 일그러뜨리며 이렇게 말했다.

"이미 입맛이 떨어졌는데 새 케이크가 다 무슨 소용이야? 필요 없으니까 이 케이크, 네가 먹어 치워."

이게 대체 무슨 말도 안 되는 요구란 말인가. 나는 크게 당황했고, 가엾은 아르바이트생은 눈물을 흘릴 지경이 되었다.

"손님, 정말 죄송합니다. 케이크 값은 당연히 받지 않을 거고요, 다른 디저트를 무료로 제공해 드리면 안 될까요?"

안 되겠다 싶어서 내가 끼어들었다.

"괜찮아요, 무슨 바퀴벌레가 나온 것도 아니고, 접시에 날파리 붙은 걸 못 봤을 수도 있죠. 그냥 바꿔 주세요."

그러자 남자가 갑자기 아르바이트생에게 손가락질을 하며 버럭 고함을 쳤다.

"말을 못 알아들어? 누가 디저트 공짜로 달래? 내가 돈이 없어서 이러는 줄 알아? 사람을 뭘로 보고!"

결국 매니저까지 달려와서 사과하며 제일 비싼 음식으로 대접을 하겠다고 했다. 아르바이트생은 허리를 푹 숙인 채 눈물만 줄줄 흘렸다. 그런데도 그 남자는 끝까지 고집을 부리며 작은 여자애에게 그 자리에서 케이크를 먹어 보라며 소리쳤다.
도저히 참을 수 없던 나는 내 몫의 찻값을 꺼내 남자의 면상에 던지고 나와 버렸다. 그리고 소개해 준 친구에게 다시는 내게 그 사람 이름조차 꺼내지 말라고 경고했다.

돈이 있다고 품위가 생기는 것은 아니다. 수수한 옷을 걸쳤어도 약자든 강자든 똑같이 배려하고 공손히 대하는 사람이, 온몸에 명품을 휘두른 채 어린 아르바이트생에게 벌레가 붙은 케이크를 먹으라고 소리치는 사람보다 훨씬 품위 있지 않은가.

견문이 많다고 절로 품위가 생기지도 않는다. 평생을 작은 마을에 살았어도 점잖고 예의 바르며 남을 존중할 줄 아는 사람이, 세계

각지를 돌아다녔어도 공공장소에서 금연할 줄 모르는 사람보다 훨씬 품위 있다.

3

사소하지만 작은 행동으로 품위를 지킨 누군가의 기억도 있다.

그와 내가 처음 데이트한 날은 크리스마스였다. 성탄절 저녁답게 식당마다 만석이어서 어쩔 수 없이 푸드트럭에서 음식을 사다 공원 벤치에 나란히 앉아 이야기하며 먹었다. 그날 난 입맛이 별로 없어서 내 몫의 음식을 거의 남겼더랬다. 그는 먹고 남은 갈비뼈, 생선 가시, 다 쓴 나무젓가락과 휴지 따위를 봉투 하나에 담고 내가 남긴 음식은 깨끗한 봉투에 따로 담았다. 그리고 봉투 입구를 잘 묶어서 쓰레기가 담긴 봉투는 쓰레기통에, 음식을 담은 봉투는 그 옆 화단 턱에 내려놓았다. 나는 의아했다. 어차피 다 버릴 건데 왜 봉투 하나에 담지 않고 따로 담았는지, 왜 굳이 따로 놓는지 묻자 그가 말했다.

"혹시라도 배가 너무 고파서 쓰레기통을 뒤지는 노숙자나 부랑자가 있을까 봐 그래. 쓰레기와 같이 버리면 충분히 먹을 수 있는 음식도 버리게 되잖아. 그 모습을 상상하면 마음이 불편해지더라고."

난 태우던 담배를 남은 음식에 비벼 *끄는* 사람도 봤고, 다 마신 캔에 코 푼 휴지를 쑤셔 넣는 사람도 봤고, 냄비에 온갖 더러운 쓰레기를 한꺼번에 쏟아붓는 사람도 봤다. 하지만 그때까지 크게 불편함을 느낀 적은 없었다. 어차피 쓰레기고, 어차피 버릴 거니까. 굳이 잘못이라 할 수는 없으니까. 하지만 그의 말을 듣고 난 뒤 세상 보는 눈이 조금 달라졌다. 좀 더 새롭고, 좀 더 따스하게 바뀌었다. 일면식도 없고 마주칠 일이 없을지도 모를 낯선 이에게 베푸는 무의식적인 배려와 친절이라니, 너무 아름답지 않은가.

그의 어린 조카를 데리고 음료수를 사러 갔을 때가 생각난다. 아이가 무턱대고 음료 냉장고의 문부터 열려 하자 그는 얼른 아이의 손을 잡으며 부드럽게 말했다.

"먼저 무얼 살지 고른 뒤에 문을 열면 어떨까?"

아이는 순순히 고개를 *끄덕였다.* 둘이 얼굴을 나란히 맞대고 투명한 음료 냉장고 안을 들여다보며 이것저것 고르는 모습이 무척이나 귀여웠다. 그렇게 음료를 고르고 계산대 앞에 섰는데 아이가 갑자기 칭얼댔다.

"외삼촌, 나 이 두유 안 마시고 싶어졌어요. 여기다 놔둬도 돼요?"

그는 아이에게서 두유를 받아 들며 작은 소리로 말했다.

"사지 않을 거라면 원래 자리에 갖다 두자. 아무 데나 두면 다른
사람이 대신 치워야 하잖아."
"네."

아이는 천진하게 대답하고 그의 손에 이끌려 다시 음료 냉장고
쪽으로 향했다. 그런 두 사람의 뒷모습을, 나도 모르게 물끄러미 바라
보았다. 그날 그는 수수한 검은 티셔츠에 청바지 차림이었지만 내 눈
에는 중세시대 귀족만큼이나 우아해 보였다. 공부를 많이 해도, 지식
이 풍부해도, 심지어 가정교육을 잘 받았어도 반드시 품위 있는 사람
이 되는 것은 아니다.

품위는 사람 사이에 존재하는 보이지 않는 구분선이다.
품위 있는 사람은 반성할 줄 알고,
예의를 지킬 줄 알며,
쉽게 흥분하지 않고,
자기 고집에 매몰되지 않는다.
언제 어디서든 적절하게 행동하고,
늘 여유 있고 넉넉하며,
마음은 선의와 타인에 대한 존중으로 가득하다.

나에게 '자신을 왜 사랑하느냐'고 그가 물었다. 그의 모든 것을 사랑하는 것 같기도 하고, 단 한 가지를 사랑하는 것 같기도 하다.

나는 나와 다툴 때조차 자신의 잘못을 먼저 생각하는 그를 사랑한다. 내가 지치고 피곤할 때 혹은 바닥이 보이지 않는 우울감에 빠졌을 때, 나를 더 힘들거나 괴롭게 만들지 않고 무던하게 나의 상처를 위로해 주는 그를 사랑한다.

품위 있는 연인은 상대의 인생에 풍랑이 아니라 등대가 되어 준다. 나는 내게 등대가 되어 준 그를, 그리고 그런 당신과 함께하는 나를 사랑한다.

그래서 연애는 꼭 품위 있는 사람과 해야 한다.
사랑은 포기해도,
품위는 포기하지 말아야 한다.

그는 품위 있는 사람이다.
그리고 이것이 바로 내가 그를 사랑하는 이유다.

낯설고

어색해도

그 역시 사랑이다

．
．
．

미처 겪어 보지도,
베풀어 보지도 않아서
낯설고 어색한 사랑이
이 세상에 분명히 존재한다.
그것도 가장 올바른 방식으로.

1

어느 저녁 집으로 돌아가는 길이었다. 엘리베이터 앞에서 손에 알록달록한 풍선을 한가득 안은 어르신과 마주쳤다. 웃으며 인사를 건넸다.

"손주 주실 선물인가 봐요?"

어르신은 고개를 가로저으며 말했다.

"아니에요. 아내에게 주려고요. 부끄럽지만, 아내가 좋아하거든 요."

예상치 못한 대답에 내가 어리둥절한 표정을 짓자 어르신의 주름진 얼굴에 쑥스러운 미소가 떠올랐다.

2

누군가 몰래 찍어 인터넷에 올린 동영상을 보았다. 외국으로 보이는 거리, 한 노부인이 화장품 가게에서 파운데이션을 고르고 있었다. 얼핏 보아도 일흔을 훌쩍 넘긴 그녀는 마냥 즐거운 표정이었다. 하지만 그보다 더 눈길을 끈 것은 곁에 있는 노신사의 모습이었다. 부인보다 더 적극적으로 나서서 화장품을 골라 주는 모습이 인상적이었다. 동영상에 달린 댓글의 반응은 가히 폭발적이었다. '달달하다', '보기만 해도 행복하다', '나도 나이 들어서 저런 사랑을 하고 싶다' 등등….

그중 유독 눈에 띄는 댓글이 하나 있었다. '저게 당연한 거 아닌가? 우리 할아버지도 할머니가 샴푸 살 때 항상 저렇게 도와주는데?' 하지만 이 댓글은 '부럽다', '감동적이다', '현실 맞냐'는 식의 댓글 홍수에 밀려 저 아래로 사라지고 말았다.

3

친한 친구끼리 모인 날, 술자리가 한창 무르익을 무렵, 한 친구의 휴대전화가 요란하게 울렸다. 그녀는 웃으며 전화를 받았지만 이내 심각해졌다. 그러더니 수화기 저편을 향해 진심으로 '그 일을 잊다니 정말 미안하다. 바로 들어가겠다'며 열심히 사과하기 시작했다. 예기치 못한 상황에 다들 숨죽인 채 그 친구만 바라봤다. 그녀는 통화를 끝내자마자 급한 일이 있어서 가 봐야겠다며, 이번에는 우리에게 사과했다. 다들 이해한다는 듯 고개를 끄덕이며 한마디씩 했다.

"됐어, 미안하긴. 월급쟁이 명줄은 상사가 쥐고 있는데 어쩌겠냐."
"얼른 회사로 들어가서 일 봐라. 괜히 밉보였다 자리 없어질라."

그녀는 잠깐 멍한 표정을 짓더니 곧 오해라며 손을 내저었다.

"상사가 아니라 세 살짜리 우리 딸이야. 오늘 밤에 같이 어린이 드라마를 보기로 약속했는데 그만 깜박 잊었지 뭐야."

친구들은 하나같이 깜짝 놀랐다. 통화하는 말투도, 태도도 영락없이 어른을 대하는 것이었기 때문이다. 어린 딸과 통화하면서 그렇게 저자세로 나가다니 엄마의 권위는 어디로 갔냐며 누군가 핀잔을 주자 그녀는 우리보다 더 놀라며 반문했다.

"엄마면 어떻게 해야 하는데? 내 딸은 상사만큼 존중받을 가치가 없다는 거야?"

43

4

또 다른 식사 자리, 전화벨이 울렸다. 이번에 전화를 받은 주인 공은 평소 존재감은 희미하지만 진중한 친구였다. 그는 만면에 부드러운 미소를 띤 채 통화 상대에게 그날 직장에서 있었던 일을 조곤조곤 보고했다. 오늘은 모임이 있어서 늦을 것 같으니 기다리지 말고 먼저 식사하라고도 했다. 많이, 맛있게 먹으라는 말도 덧붙였다. 10시 전에는 꼭 집에 들어가겠다고 약속하면서 그 자리에 함께한 친구들의 이름을 하나하나 열거하기까지 했다. 참을성 있고 따스한 말투로 한참 통화하던 그는 이렇게 대미를 장식했다.

"응, 집에 가서 봐요. 사랑해요."

그가 전화를 끊자 친구들이 기다렸다는 듯 놀리기 시작했다.

"와이프인가 봐? 이야, 마냥 무뚝뚝한 줄 알았는데 완전 사랑꾼 이었네."
"공인받은 '공처가'이신 줄 미처 몰라뵀습니다."

그는 잠시 놀란 표정을 짓더니 곧 실소를 흘렸다.

"다들 무슨 소릴 하는 거야. 곧 여든 되시는 우리 할아버지야. 나를 어렸을 때부터 키워 주셔서 사이가 각별해."

순간 벌통을 쑤셔 놓은 듯 자리가 시끌시끌해졌다. 절대 그럴 리 없다, 괜히 인정하기 부끄러우니까 애먼 할아버지를 끌어들이냐, 등등. 그러자 그가 정색하며 말했다.

"나는 가족한테 늘 이렇게 해. 왜들 이상하게 보는지 모르겠네. 너희는 이런 식으로 어른을 대하는 게 그렇게 어색해?"

5

대학 시절, 매일 저녁 전화통을 붙잡고 두 시간씩 수다를 떠는 룸메이트가 있었다.

"학생식당 음식이 완전 꽝이야. 제육볶음에 비계밖에 없더라니까."
"어제 수업에서 교수님이 갑자기 녹음기를 들고 오더니 미리 녹음해 온 강의 내용을 틀어주는 거 있지. 정말 어이없지 않아?"
"내가 좋아하는 가수가 새 앨범을 냈거든. 콘서트 하면 꼭 같이 가는 거다!"
"아이, 짜증 나. 공부하기 싫어 죽겠어. 이번 시험 망치면 어떡하지?"

다들 남자친구와 통화하는 것이려니 짐작했다. 대화 내용도 그렇고, 매일 전화통을 붙들고 있는 것도 그렇고, 한창 사랑에 빠진 연인 사이에 있을 법한 일이었기 때문이다.

어느 날, 평소처럼 그녀의 통화 소리를 흘려듣고 있던 룸메이트 모두가 일순간 얼어붙는 일이 벌어졌다. 그녀가 입에 침이 마르도록 어떤 남학생을 칭찬하면서 잘생긴 데다 성격까지 좋은 그를 곧 "내 것으로 만들겠어."라며 호언장담하는 게 아닌가!

그녀가 전화를 끊자마자 한 룸메이트가 참지 못하고 물었다.

"다른 남자를 내 것으로 만들겠다니, 너는 남자친구한테 어떻게 그런 말을 하니. 남자친구가 화 안 내?"

그녀가 눈을 동그랗게 뜨고 우리를 바라봤다.

"남자친구?"

예상치 못한 반응에 나는 조심스레 입을 열었다.

"아, 남자친구 아니야? 그럼 동창이나 친한 친구인가 보네. 어쩐지 엄청 죽이 잘 맞더라."

그녀는 '푸핫' 하고 웃음을 터뜨렸다.

"내가 매일 통화하는 사람 말이지? 우리 엄마야."

다들 깜짝 놀라고 말았다.

"세상에, 엄마랑 사이가 엄청 좋구나! 나랑 우리 엄마는 완전히 일방통행인데. 너처럼 이야기하는 건 꿈도 못 꿔."

누군가 이렇게 말했고 나 역시 비슷한 심정이었다.

"맞아, 우리 엄마는 비교적 깨어 있는 편인데도 얘기하다 보면 자꾸 싸우게 되더라고."

제일 먼저 질문했던 룸메이트는 다른 친구들의 이야기를 잠자코 듣고 있다가 조용히 입을 열었다.

"난 대화는 고사하고 어릴 때부터 엄마가 너무 무서웠어. 엄마는 내가 고기 한 점만 더 먹어도 '전생의 빚쟁이가 자식이 된다더니 네가 딱 그 꼴이다, 내 팔자가 사나워서 너 같은 자식을 낳았다' 라며 한탄하셨거든. 시험을 못 봐도 혼났고, 놀다가 조금만 늦게 들어와도 외출 금지를 당했어. 간식 사 먹는 데 돈을 다 썼다고 용돈도 차단당한 적이 있어. 나는 엄마한테 속말을 해 본 적이 한 번도 없어. 엄마도 마찬가지고. 가끔 엄마랑 나는 모녀가 아니라 그냥 원수 사이 같기도 해."

우리는 그녀를 안쓰럽게 바라봤다.

"그래서 네가 엄마와 사이좋게 지내는 모습을 보면 부러워. 너무
부러워서 사실인지 의심스러울 정도야. 엄마랑 이렇게 친하게,
다정하게 대화하는 게 정말 가능하다고?"
"응, 가능해."
"…하지만 난 너무 낯설고 어색할 뿐이야."

그녀는 막막하다는 듯 중얼거렸다. 어째서 낯설고 어색할까?
드물기 때문이다. 얻기 어렵고, 갖기 힘들기 때문이다.
그렇기에 그 진의를 의심할 수밖에 없고, 그럼에도 저도 모르게 생겨
나는 동경과 부러움과 열망을 숨길 수밖에 없다.

6

오래전, 한 잡지에서 읽은 수이舒乙의 자전적 에세이를 잠시 소
개할까 한다.
1950년, 열다섯 살 수이는 기차를 타고 충칭에서 청두로 향했다. 역
에는 아버지인 라오서老舍가 마중 나와 있었다. 수이가 객차에서 내리

자 아버지는 환한 미소를 지으며 정중하게 악수를 청했다.

"수이, 안녕하시오."

아버지의 격식 차린 인사에 수이는 적잖이 당황했다. 당시에는 어린 아들에게 어른을 대하듯 정중히 악수를 청하는 아버지를 이해할 수 없었다. 하지만 오랜 세월이 흐르고 그때를 돌이켜 본 수이는 비로소 아버지가 자신에게 어떤 메시지를 보여 줬음을 깨달았다. 아버지와 아들이라는 관계성이나 나이 차에 상관없이 사람은 모두 평등하고, 모두가 똑같다는 메시지 말이다.
간단하고 명료한 이치이건만 이를 깨닫고 실천하는 사람은 극히 드물다.

나이 든 반려자를 처음 사랑하던 때와
변함없이 아끼고 배려하는 것.
어린 자녀를 어른과 마찬가지로 존중하며
진심 어린 사과를 하는 것.
연로한 연장자에게 자신이 좋아하는
이성에게 쏟는 것과 똑같은 인내와 미소를 보이는 것.
부모와 허물없이 지내며
함께 웃고 이야기하고 감정을 나누는 것.

이해할 수 없고 낯설다고 해도 이런 식의 관계 맺기를 원치 않는 것은 결코 아니다. 오히려 너무나 바라지만 가지지 못했기에, 그런 관계가 실재한다는 사실을 아예 믿지 않으려 할 뿐이다

사랑은 동물을 기르듯이 의무를 이행하는 것이 아니다.
사랑은 마음과 마음이 맞닿아 어우러지는 것이다.
미처 겪어 보지도, 해 보지도 않아서
낯설고 어색한
그 사랑들이 이 세상에 있다.
그것도 가장 올바른 방식으로 우리 곁에 분명히,
존재하고 있다.

모든 것이
처음인 듯

.
.
.

선입견에 사로잡혀 세상만사가
마냥 예전과 같으리라는
착각에 빠지는 것은 금물이다.
언제든 눈 깜짝할 사이에
변하는 게 사람이고 세상이다.

1

만취한 세진이 테이블에 엎드려 술병을 꽉 움켜쥔 채 뭐라고 중얼거렸다. 슬쩍 보이는 옆얼굴은 절망에 가득 차 있고 눈꼬리에는 눈물이 반짝였다.

"개자식, 나쁜 새끼, 진짜 믿었는데! 이제 다 끝났어, 끝났다고…."

'개자식'이란 다름 아닌 세진의 죽마고우 학영이었다.
두 사람은 한마을에서 나고 자란 형제 같은 사이였다. 고등학교 때 학영이 외국으로 이민을 가면서 한동안 연락이 끊어졌다가 얼마 전 십여 년 만에 재회했다고 했다.
청소년기에 헤어졌다가 어른이 되어 만난 두 사람은 자연스레 술잔을 기울이며 오랜 회포를 풀었다. 세진은 그날도 잔뜩 취해서 이렇게 말했다.

"임마, 돌아와서 진짜 좋다. 너 없는 동안 이 형님도 꽤 자리를 잡았거든. 내가 너 도와줄게! 우리 같이 돈이나 왕창 벌어 보자!"

학영도 눈을 빛내며 고개를 크게 주억거렸다.

"그래, 안 그래도 너랑 의논하고 싶은 사업 아이템이 있어."

학영은 해산물을 수입하는 일을 했고 세진은 적합한 유통망을 확보하고 있었다. 두 사람이 손을 잡으면 꽤 괜찮은 비즈니스 협력이 될 듯 보였다. 꼭 소꿉친구라서가 아니라 사업가의 입장에서 봐도 상당히 구미가 당기는 제안이었다.

물론 세진도 수년간 산전수전을 겪으며 잔뼈가 굵었기 때문에 친구와 하는 일이라고 대충 하지는 않았다. 술에서 깬 맑은 정신으로 구체적 사항을 논의한 후 정식 계약을 체결했다. 그리고 계약대로 화물을 넘겨받고 나서야 비로소 한시름 놓았다. 첫 번째 협력을 성공리에 마친 후 세진은 기대 이상의 수익을 얻었다. 그리고 이어진 몇 차례 협력 역시 순조롭게 성과를 올리자 결국 학영을 완전히 믿게 되었다.

그러던 어느 날, 학영이 늘 거래하던 수입상에서 최상급 물건을 제공하는 조건으로 대금을 전액 선불로 지불해 달라는 말을 했다고 전했다. 세진은 잠시 고민했다. 원칙대로라면 말도 안 되는 일이었다.

하지만 그간 학영과 쌓은 신뢰도 있고, 형제나 다름없는 친구가 진행하는 일이니 무슨 문제가 생기겠냐는 생각에 흔쾌히 그러마 했다.

그다음 벌어진 사태는 모두가 예상한 대로다. 학영은 대금을 받자마자 연락이 두절됐고, 물건 역시 바다에 빠졌는지 하늘로 솟았는지 감감무소식이었다. 애가 탄 세진은 백방으로 알아보다 결국 경찰에 신고했다. 그리고 그제야 학영이 알려준 연락처며 거래처가 모두 가짜라는 사실을 알게 됐다.

이 일로 세진은 그간 벌어둔 돈을 모두 날렸을 뿐만 아니라 거액의 빚까지 지게 되었다. 대체 왜 물건도 받지 않고 거액을 지불했느냐는 경찰의 질문에 그는 이렇게 대답할 수밖에 없었다.

"그전까지 여러 번 거래했지만 한 번도 문제가 생기지 않았거든요…. 그래서 이번에도 괜찮을 줄 알았죠."

수사를 맡은 나이 든 경찰은 안타깝다는 듯 한마디 했다.

"백 번을 거래했으면 뭐 합니까, 이 한 번으로 죄다 물거품이 됐는데."

세진은 아무 말 못 하고 통한의 눈물만 흘렸다.

유대인의 격언 중 이런 말이 있다.

"모든 만남이 첫 만남이다."

모든 것을 매번 처음인듯 대하면
후회할 일은 생기지 않는다.

대략 의미를 풀어보자면 이전에 아무리 친한 사이였어도, 또 사업적 협력을 통해 좋은 결과를 얻은 적이 있다 해도 이번 역시 그러리라고 지레짐작하지 말라는 뜻이다. 그야말로 비즈니스 관계의 냉혹함을 잘 드러낸 격언이다. 실제로 모든 비즈니스는 한 건 한 건을 독립적으로 대해야 한다. 단순히 이전의 관계나 당연히 이러하리라는 인과관계를 대입했다가는 낭패 보기 십상이다. 따라서 맹목적인 신뢰 때문에 대충 넘어가서도, 감정적 친밀감 때문에 절차와 규칙을 느슨하게 해서도 안 된다. 이미 수백, 수천 번 반복한 과정이라 해도 마찬가지다. 끝까지 경계를 늦추면 안 된다.

비즈니스 현장에서는 언제 무슨 일이 벌어질지 알 수 없다. 그렇기에 매번 처음인 것처럼 접근해야 한다.

2

일상생활도 마찬가지다.

하루는 오랜 친구의 집에 초대를 받아 놀러 갔다. 그녀에게는 영민하고 귀여운 어린 딸이 있었는데, 나를 보자마자 주방으로 도도도 달려가더니 냉커피 한 잔을 쟁반에 받쳐 들고 왔다.

"이모, 커피 드세요."

나는 웃으며 아이의 머리를 쓰다듬었다. 그리고 내가 채 입을 열기도 전에 친구가 먼저 말했다.

"왜 이모한테 뭘 드시겠냐고 물어보지도 않고 커피를 가져왔니?"
"안 물어봐도 알아요. 이모는 올 때마다 냉커피를 마셨잖아요."

아이는 턱을 약간 치켜들고 확신에 차 대답했다.

"하지만 이모는 이제 커피를 못 마셔. 병원에서 마시지 말라고 했거든. 그러니까 가서 주스로 바꿔오겠니?"

엄마의 말에 아이는 잠시 고개를 갸우뚱했지만 곧 나에게 커피

대신 주스를 가져다주었다. 친구는 아이를 칭찬하며 이렇게 말했다.

"고맙다. 그리고 다음부터는 손님이 오시면 '오늘'은 무엇을 드시겠냐고 먼저 여쭤볼래? '어제'나 '그제', 혹은 '예전에' 드신 것은 생각하지 말고. 어때?"

아이는 순순히 고개를 끄덕였다. 아이가 놀겠다며 제 방으로 들어간 후 나는 '풋' 웃고 말았다.

"아직 애인데 뭐 어때. 그게 그렇게 중요한가?"
"중요하지."

친구는 진지하게 말했다.

"난 내 아이가 과거의 경험이나 선입견 때문에 그릇된 판단을 내리지 않았으면 좋겠어. 그러려면 지금부터 반복해서 가르쳐야 해. 예전에 읽었던 책을 몇 년이 지나서 다시 읽으면 완전히 새롭게 느껴질 때가 있잖아. 그전에 눈에 들어오지 않았던 부분도 보이고, 똑같은 글귀도 전혀 다른 의미로 다가오고. 책이 달라졌을 리는 없으니까 결국 내가 변했다는 거겠지. 나이도 먹고 경험도 많아지고. 그때는 그랬지만 지금은 아니다, 뭐 이런 이치려나. 그런데 세상만사가 다 그런 것 같아. 변하지 않는 것은 없어.

물론 경험을 바탕으로 현재를 판단해도 괜찮을 때도 있지만 전혀 그렇지 않은 때도 분명히 존재하거든. 아이한테는 엄마가 예전에 옳다고 가르쳐 준 사실도 무조건 믿지는 말라고 해. 이 세상에 절대불변의 진리는 생각보다 많지 않으니까, 네가 나를 설득할 수 있으면 설득해 보라고 가르쳐. 설득해 낼 수 있다면 네가 이긴 거라고 말이야."

친구의 말을 들으며 나는 고개를 끄덕일 수밖에 없었다. 구구절절 일리가 있었다.

사람은 기묘하고, 잘 변한다.
그래서 오늘 만난 이 사람이 저번에 만났을 때와
완전히 같은 사람이라고 장담할 수 없다.
여전히 그때처럼 생각하는지,
아니면 전혀 다른 입장을 갖게 됐는지 어찌 알겠는가.

오늘의 만남이 내게 축복이 될지 저주가 될지도 선뜻 판단할 수 없다. 모든 것이 가능하기 때문이다. 그러니 선입견에 사로잡혀서 세상만사가 마냥 예전과 같으리라는 착각에 빠지는 것은 금물이다. 눈 깜짝할 사이에 변하는 것이 사람이고, 세상이기 때문이다.

모든 것이 처음인 듯 살아야 한다.
절대 변하지 않기를 바라지 말고,
그럼에도 쉽게 싫어지지 않기를 바라야 한다.
그것이 잘도 변하는 사람과 세상 속에서
그나마 상처받지 않고 사는 지혜다

관심은

마음을 두는 곳에서

시작한다

.
.
.

사랑은 신기하다.
매사에 덤벙대고 눈치 없는 사람도
사랑하는 사람에 대해서만큼은
셜록 홈즈를 넘어서는 추리력과
통찰력을 발휘하게 만든다.

1

A는 출장 간 남자친구를 그리워하며 그의 SNS를 둘러보다가 출장 당일에 올라온 셀카를 발견했다. 무심코 사진을 확대해서 봤는데, 남자친구의 선글라스에 웬 젊은 여성의 모습이 비치는 게 아닌가. 이상한 일이었다. 분명히 남자 상사와 단둘이 출장을 간다고 했기 때문이다. 스멀스멀 올라온 의심은 걷잡을 수 없이 커졌다. 결국 그녀는 남자친구를 추궁했고, 바람을 피웠다는 자백을 받아냈다.

B도 이와 비슷한 경험을 했다. 장거리 연애 중인 B는 몇 주에 한 번꼴로 남자친구와 만났다. 그날도 오랜만에 자신을 만나러 온 남자친구와 멋진 레스토랑에서 근사한 저녁 식사를 하고 있는데, 테이블 위에 엎어 둔 그의 휴대전화가 부르르 떨렸다. 진동 소리를 들은 그녀가 남자친구에게 전화가 왔다고 알리자 그는 돌연 짜증을 냈다.

"아, 보나 마나 회사야. 피곤해, 받기 싫어."

그녀는 평소와 다른 그의 태도가 마음에 걸렸다. 그러다 문득 테이블이 위아래 두 겹인 유리로 되어 있다는 점에 생각이 미쳤다. 자세히 보니 과연 엎어 둔 휴대전화의 액정화면이 아래층 유리에 반사되어 보였다. 착신 화면에는 '귀염둥이'라는 오글거리는 이름의 닉네임이 선명하게 반짝였다. 전화는 몇 번이고 울렸고, 남자친구는 당황하는 기색이었다. 그녀는 아무 말도 하지 않고 식사를 마친 후 남자친구를 기차역까지 바래다주었다. 그가 기차에 오르기 직전 그녀는 이별을 고했다.

2

한 인기 블로거가 연인의 부정을 알게 된 과정을 블로그에 상세하게 올려 화제가 된 적이 있다. 이번 '사건'의 결정적 '단서'는 남자친구가 화장실에서 찍은 거울 셀카였다. 셀카 속 세면대 위에 놓여 있던 그녀의 화장품이 싹 치워져 있었던 것이다. 그것을 보자마자 그녀는 남자친구의 외도를 직감했다. 다른 여자를 집에 들인 게 아니고서야 게으른 남자친구가 일부러 그녀의 화장품을 치울 이유를 달리 생각할 수 없었기 때문이다. 나중에 밝혀진 진상 역시 그녀의 추리와 정확히 일치했다.

3

내게 강의를 듣던 학생이 이런 이야기를 들려주었다.

"부모님이 이혼했을 때 전 겨우 여섯 살이었어요. 저를 위해 두 분은 서류 정리가 끝나고 나서도 한동안 같이 살았지요. 제가 어려서 아무것도 모를 거라고 생각했나 봐요. 하지만 전 우리 가족이 더 이상 예전 같지 않다는 걸 분명히 알 수 있었어요."

일단 밥상이 달라졌다. 자신과 엄마는 육식파, 아빠는 채식파라 원래는 고기반찬과 채소 반찬이 골고루 올라왔는데 어느 날부터 채소가 슬그머니 사라진 것이다. 그녀는 엄마가 왜 고기반찬만 내놓는지 궁금했지만 아무 말 없이 젓가락을 내려놓고 일어나는 아빠를 보며 아무 말도 하지 못했다.

달라진 것은 아빠도 마찬가지였다. 밖에서 돌아오면 언제나 엄마와 자신을 찾던 아빠였지만 변화가 생긴 이후에는 혼자 조용히 방으로 들어갔다. 그녀와 부모님의 사이는 별로 달라지지 않아서 여전히 함께 외출하고 놀러 다녔다. 하지만 어디로 갈지 부부가 함께 상의하던 예전과 달리 이제는 두 사람 모두 그녀에게 물었다.

"우리 공주, 어디 가고 싶니?"

그때 부모님은 이미 서로에게 완벽히 무관심한 상태였다.

"부모님은 겨우 여섯 살짜리 애 하나 속이는 게
뭐 어렵냐고 생각했겠지만
중요한 사실 한 가지를 알지 못했어요.
내가 당신들을 얼마나 사랑하는지 몰랐던 거예요."

4

중국계 미국인인 B는 중국에 살지만 여전히 LA에 오래된 주택 한 채를 팔지 않고 가지고 있다. 그는 매년 미국으로 돌아가 일정 기간 그 집에서 머무는데, 한번은 지인을 대동하고 오랜만에 LA 집에 갔다가 깜짝 놀라고 말았다. 차를 몰고 앞마당에 들어서자마자 도둑이 든 사실을 알았던 것이다. 집안으로 달려가니 거실이며 침실이 온통 난장판이었다. 경찰에 신고하고 씩씩거리는 그에게 지인이 신기하다는 듯 물었다.

"그런데 어떻게 집에 들어가 보지도 않고 도둑이 들었다는 걸 알 았어?"

그는 한숨을 푹 쉬었다.

"앞마당 담장 앞 앵두나무 밑에 앵두가 우수수 떨어져 있더라고. 이 동네 이웃들은 서로 잘 아는 데다 예의 바른 사람들이라 남의 마당에 심어져 있는 나무를 건드릴 리 없거든. 그럼 분명히 누군가 담장을 넘다가 나무를 건드려서 앵두 열매가 저렇게 떨어졌다는 건데…, 도둑 아니고서야 누가 담장을 넘겠어?"

지인은 탄복해 마지않았다.

"정말 의외네. 평소에는 덜렁대고 매사에 무심하더니, 이렇게 세심한 면이 있을 줄이야!"

B는 무슨 소리냐는 듯 눈을 부라렸다.

"당연하지. 내 집이잖아."

나의 연인, 나의 가족, 나의 친구, 나의 집.
관심은 마음을 두는 데서 시작되고,
지혜는 이해에서 비롯되며,
작은 부분까지 알아차리는 세심함은

익숙함과 친밀함에서 나온다.

쉽게 말해서,

'사랑하면 보인다'

자기 지갑은 잃어버린 줄도 모르면서 상대의 주머니 속 만 원의 행방은 손바닥 보듯 훤히 알고, 자신은 오늘 한 끼를 더 먹었는지 덜 먹었는지도 모르면서 상대가 '누군가'와 밥을 먹는다는 말에는 불현듯 불길한 예감을 느낀다.

월세 살 때는 방구석에 먼지가 굴러다녀도 본체만체하지만, 대출받아 마련한 작고 소중한 내 집은 온종일 쓸고 닦느라 부산을 떤다. 매사에 덤벙대고 눈치 없는 사람이, 희한하게도 그 사람과 관련된 일에는 셜록 홈즈를 방불케 하는 추리력과 통찰력을 발휘한다.

물론 이런 스트레스 때문에 오히려 도망치고 싶다고 한탄하는 사람도 있다. 하지만 왜 그런 마음이 드는가? 도망치고 싶은 마음이 생기는 사랑은 더 이상 사랑이 아니다.

날카로워지는 촉, 선뜩한 예감은 우리를 진실로 이끈다. 심증만 가득하고 물증이 없다면, 모든 것을 밝히기에는 아직 때가 무르익지 않았다면 초조해할 필요는 없다. 심지어 잠시 바보가 되는 것도 나쁘지만은 않다. 다만 바보인 척하는 것과 진짜 바보가 되는 것 사이에는 분명한 차이가 있다.

현명한 사람이 바보인 척하면 사실이 더욱 명징하게 드러난다. 그러나 바보가 바보인 척하면 점점 더 큰 혼란에 빠져 애꿎은 마음만 홀랑 태울 뿐이다.

2장.

마음 편히,
행복하게, 있는 그대로

원하는 대로,

내키는 대로 살아도

괜찮아

·

·

·

자신을 억누르고 욕망을 절제하는
사람만이 대단할까?
자신의 욕망을 채울 능력이 있는 동시에
부적절한 욕망을 제어할 줄 아는 사람이
훨씬 대단하지 않은가?

1

유럽으로 향하는 비행기 안, 이륙하자마자 옆자리의 말쑥한 숙녀가 두꺼운 책을 꺼내 조용히 읽기 시작했다. 호기심에 슬쩍 곁눈질해 보니 어렵기로 소문난 철학서였다. 소위 현대인의 필독서라고 해서 나도 가지고 있는 책이었다. 매우 훌륭한 저서라는 점에는 이견이 없지만, 결코 만만하게 도전할 수 있는 책은 아니었다. 나 역시 수차례 도전했다가 첫 번째 챕터도 못 넘기고 단지 시도했다는 데 만족하고 책장에 처박아둔 지 벌써 몇 해던가.

보아하니 옆자리 숙녀도 이제 막 도전을 시작한 모양인지 넘어간 책장이 얼마 되지 않았다. 잠시 흥미를 느꼈지만 그뿐, 곧 피곤함이 몰려왔다. 나는 담요를 어깨까지 끌어올리고 곧 깊은 잠에 빠져들었다.

온갖 기상천외한 자태로 실컷 자고 깨어난 뒤 내 눈에 가장 먼저 들어온 장면은 옆자리 숙녀가 여전히 미동도 하지 않고 책을 읽고 있는 모습이었다. 얼추 다섯 시간쯤 지난 듯했는데 설마 내내 저렇게 책을 봤을까? 그 어려운 책을, 보는 것만으로 눈이 핑글핑글 돌고 졸음이 쏟아지는 책을 진작 내던지지 않고 끈질기게 붙들고 있다는 것만으로도 존경심이 절로 솟아났다.

그런데 좀 이상하다는 생각이 들었다. 눈대중해 보니 다섯 시간 전과 비교해 열 페이지 정도밖에 넘어가 있지 않았기 때문이다. 내가 너무 유심히 바라봤는지, 그녀가 시선을 눈치채고 고개를 들었다. 그리고 살포시 웃으며 가볍게 목례했다. 이를 긍정적인 신호로 받아들이고 용기 내어 말을 걸었다.

"책이 재미있으신가 봐요. 전 꽤 어렵던데…."

그녀는 곤란하다는 듯 미소를 지었다.

"…아뇨. 사실 무슨 말인지 하나도 모르겠어요."

순간 당황했지만 그녀의 솔직한 태도에 호감이 생겼다.

"그렇죠? 이 책 진짜 어렵잖아요. 장시간 비행하는 것 자체도 힘든데 좀 쉬면서 가셔요. 영화라도 보시면서…."

"그건 그닥 내키지 않아요. 시간 낭비 같아서 죄책감이 들거든요."

미처 예상하지 못한 답이었다. 더욱 호기심이 생겼다.

"그럼 장거리 비행할 때 뭔가 의미 있는 일을 하세요? 쉬지 않고?"

그녀는 미간을 찌푸리며 잠시 생각하더니 곧 고개를 끄덕였다.

"네, 비행기를 탈 때면 항상 일을 하거나 평소 읽기 어려웠던 책을 읽으려고 해요. 그냥 쉬어 본 적은 없네요."
"그럼 혹시 그런 건가요? 비행할 때 특별히 집중이 잘 돼서 이 시간을 활용하는 거라든가…?"
"아니요. 딱히 일이 더 잘 되지도 않고, 이런 책은 더 읽기 싫어요. 솔직히 말하면 로맨스 소설이나 읽었으면 딱 좋겠네요."

그녀가 가벼운 한숨과 함께 내뱉은 말에 나도 모르게 웃고 말았다. 그녀도 따라 웃었다.

"정말이에요. 원래 그런 게 있는 줄도 모르고 살았는데 대학 합격하고 상경하는 기차에서 옆자리 아주머니가 할리퀸 소설을 빌려줘서 처음 읽어 봤거든요. 그때까지는 교과서랑 학교에서 내준 권장 도서 목록에 있는 책 외엔 읽은 적이 없었어요. 그런데 얼마나 재미있던지! 내가 그렇게 책을 빨리 읽는 줄 그때 처음 알았다니까요."

"잘됐네요!"

나는 짐짓 과장되게 말했다.

"그럼 그런 류의 소설을 보세요. 좋아하는 걸 해야죠. 공항 서점에도 로맨스 소설 많이 팔잖아요. 원래 장거리 비행 때는 좋아하는 소설 보면서 쉬기도 하고, 피로도 풀고 그러는 것 아닌가요?"

그녀는 잠시 망설였지만 꼿꼿이 고개를 저었다.

"아뇨, 안 돼요. 그런 책을 보는 건 시간 낭비잖아요. 저희 어머니가 늘 귀에 못이 박히도록 하신 말씀이 있어요. '좋아하는 일을 다 하고 살 수는 없다, 시간은 유한한 자원이다, 네가 쓸 수 있는 시간은 정해져 있고 그 안에 최대한 유용한 일을 해야 한다, 그렇지 않으면 후회하게 된다'."

"아…."

장거리 여행의 피로로 경계가 느슨해진 탓일까, 아니면 드디어 말할 대상을 찾았다고 생각한 것일까. 그녀는 생판 남이나 다름없는 내게 옛 기억 몇 개를 털어놓았다.

2

그녀는 어릴 때부터 엄격한 어머니 밑에서 자유라고는 모르고 자라왔다. 겨우 네댓 살쯤 되었을 때, 밖에서 나비를 쫓으며 노는 친구들이 너무나 부러웠던 그녀는 글씨 쓰기 연습하던 것을 놓아두고 몰래 나가 그날 오후 내내 놀았다. 그러다 외출했다 돌아온 어머니에게 들켜 눈물이 쏙 빠지도록 혼이 났다. 그녀가 펑펑 울며 '나도 놀고 싶다'고 하자, 어머니는 이렇게 말했다.

"하고 싶은 걸 다 하고 살면 인생을 망친단다."

중학교 때, 같은 반 남학생을 짝사랑하게 된 그녀는 그 사실을 일기장에 적었다. 자신의 일기를 어머니가 몰래 보는 줄 꿈에도 몰랐기 때문이다. 어머니는 그녀 앞에서 일기장을 갈가리 찢고 대학 졸업하기 전까지 연애는 꿈도 꾸지 말라고 엄포를 놓았다.

"공부에 집중해야 할 시기에 이딴 엉뚱한 생각이나 하다니. 지금 해야 할 일을 잊고 본능에 끌려 움직이는 건 사람이 아니라 짐승이야!"

대학에 들어간 뒤 그녀는 브리지Bridge(카드게임의 일종)에 매료됐다. 브리지 동아리에도 들어갔다. 그녀의 실력을 본 회원들은 하나같이 천부적인 재능이 있다고 칭찬하며, 동아리 대표로 브리지 대회에 나가 보라고 수차례 권했다. 그녀는 고민했지만 결국 거절했다. 단순히 거절만 한 게 아니라 아예 동아리를 탈퇴하고 브리지도 그만뒀다. 어차피 죄책감 때문에 언젠가는 그만둘 생각이었다. 브리지가 마작이나 화투 같은 도박이 아닌데도 늘 죄책감에 시달린 이유는 그녀 자신이 브리지를 너무나 좋아했기 때문이다. 사실 그게 가장 큰 문제였다. 그렇게 좋아하다 보면 브리지도 중독에 빠져 타락시키는 노름이나 다름없다고 여겼다. 그녀는 아쉬움을 뒤로하고 공부에 몰두했다.

대학을 졸업하자마자 바로 취직에 성공했지만 직장 생활은 순탄치 않았다. 지금까지 해온 것처럼 열심히 노력하고 최선을 다했지만 승진도, 연봉 인상도 좀처럼 쉽지 않았다. 답답한 마음을 어머니에게 털어놓았을 때, 돌아온 것은 위로나 격려가 아닌 날선 비난이었다.

"넌 왜 돈이랑 지위밖에 바라는 게 없니? 다 탐욕이고 욕심이야. 심보가 그 모양이니 인정을 못 받지."

평소에도 어머니는 툭하면 욕심이 많다며 그녀를 나무랐다. 그녀가 조금이라도 가격이 있는 옷을 사면 물욕이 많다고, 색상이 화사한 구두를 신으면 과시욕이 심하다고 혀를 찼다. 친구를 만나 저녁이라도 실컷 먹고 온 날에는 식욕을 주체하지 못하겠냐며, 그렇게 막 먹어대다가는 몸매도, 건강도 망칠 것이라는 저주 같은 잔소리가 뒤따랐다.

그녀의 이야기를 듣기만 해도 숨이 막혔다. 아무 말도 못 하고 질려 버린 내게 그녀가 잠시 망설이다 물었다.

"욕망이라는 게…, 정말 그렇게 나쁜 건가요?"

나는 가만히 생각하다 입을 열었다.

"어머니는 당신이 어떻게 되길 바라셨나요?"
"아마…, 지금의 이런 모습 아닐까요?"

무심결에 자신을 내려다보며 그녀가 말했다. 나 역시 그 시선을 따라 그녀를 훑어보았다. 깔끔하고 단정한 옷차림, 예의 바르고 상냥한 태도, 지적인 어투. 누가 봐도 어느 한구석 나무랄 데 없는 완벽한 숙녀였다.

"그렇다면 당신이 이런 모습이 되길 바란 것도 결국은 어머니의 욕망…, 아니었을까요?"

그녀가 눈을 커다랗게 떴다. 입이 스르르 벌어졌지만 아무 소리도 나오지 않았다.

"죄송해요, 너무 함부로 말했나요? 제가 하고 싶은 말은 물욕도, 과시욕도, 식욕도, 애욕도 인간이라면 누구나 가진 정상적이고 자연스러운 욕구라는 거예요. 욕망을 억눌러야 한다고 강조했던 어머니도, 똑같이 딸에게 자신이 바라는 모습을 강요했잖아요. 그것도 결국은 어머니의 욕망인 거죠. 욕망이 적어도 부끄러워하거나 무조건 억눌러야 하는 죄악은 아니에요."

옆자리 숙녀는 머리를 한 대 얻어맞은 표정이었다.
나는 손을 뻗어 그녀 앞에 아직 펼쳐져 있던 두꺼운 책을 덮었다.

"스스로를 너무 몰아붙이지 마세요. 좀 더 느슨해져도 괜찮아요. 생각보다 얻는 게 더 많다니까요."

그녀는 나의 눈을 들여다보며 보일 듯 말 듯 고개를 끄덕였다.
그날 오후, 우리는 함께 기내 프로그램으로 제공되는 코미디 영화를 보며 배가 아프도록 웃었다. 실컷 웃고 난 뒤 눈꼬리에 맺힌 눈물을 닦아 내며 그녀가 말했다.

"이렇게 웃어 본 게 얼마 만인지 모르겠어요. 이 영화 디브이디로 살까 봐요. 아니, 꼭 살 거예요. 비행기에서 내리자마자!"

나도 한마디 했다.

"사는 김에 로맨스 소설도 한 열 권 사 버려요!"

우리는 서로 마주 보며 어린 소녀들처럼 깔깔 웃어댔다.

비행기에서 내린 후 우리는 환하게 웃으며 헤어졌다. 조금은 가
벼운 발걸음으로 멀어지는 그녀의 뒷모습을 보며, 자신의 욕망과 더
불어 더욱 잘 살아갈 수 있기를 축복했다.

그녀를 정갈한 숙녀로 성장시키고자 한 어머니의 욕망은 훌륭
하니 괜찮고, 자신이 좋아하는 것들을 누리며 살고자 한 그녀의 욕망
은 천박하니 억눌러야 하는 게 아니다. 아니, 애당초 어떤 욕망은 훌
륭하고 어떤 욕망은 천박하다고 판단할 수도 없다. 백번 양보해서 훌
륭한 욕망과 천박한 욕망으로 나눈다고 해도 훌륭한 욕망을 위해 하
찮은 욕망을 무조건 희생해야 할 이유는 없다.

평생을 단 한 가지 욕망을 위해 살아간다면, 너무 슬프지 않겠는
가. 어릴 때는 공부도 해야 하지만 그만큼 열심히 놀아야 한다. 예순
이 되어 읽는 동화책은 여섯 살 때 읽는 것만큼 재미있지 않고, 팔순
이 되어 나비를 쫓으면 허리만 아플 뿐이다.

청소년기에도 누군가를 좋아할 수 있다. 감정이 싹트기도 전에
잘라내야 건전한 사춘기인 것은 아니다. 스스로 보호하고 상대를 배
려하는 법을 먼저 배운다면 청소년기의 사랑도 충분히 아름답고 달

콤 쌉싸름한 추억으로 남을 수 있다.

　　젊은 시절 자신을 한껏 꾸미는 것도 당당히 누려야 할 권리다. 어차피 살다 보면 짧은 치마를 입고 하이힐을 신고 싶어도 신지 못하는 때가 온다. 할 수 있을 때 최대한 누리는 게 뭐가 나쁜가.

자신이 노력한 만큼, 열정을 쏟은 만큼 당연히 대가를 바라야 한다. 단순히 공리심으로 치부하기에 이는 개인의 자존감과 직결되는 문제이기도 하다. 때로는 승진이나 인상된 연봉이 나의 능력과 공로, 존재를 증명해 주기 때문이다. 이를 비난할 수는 없다. 내가 흘린 피, 땀, 눈물을 인정받기를 원하는 게 어떻게 비난받을 일인가.

　　중독되지만 않는다면 좋아하는 만큼 브리지를 해도 상관없다.

문란해지지만 않는다면 감정에 얼마든지 솔직해져도 상관없다.

건강을 해칠 정도만 아니라면 입맛이 당기는 대로 먹어도 상관없다.

어리석은 모험에 뛰어들지만 않는다면 원할 때 언제든 여행을 떠나도 상관없다.

　　자신의 욕망을 따른다고 수치스러워할 이유는 전혀 없다.

욕망은 무조건 억제하는 것이 아니라 선택하는 것이다.

자신이 가장 원하고,

가장 적절하고,

가장 가치 있다고 생각하는 욕망을

신중하게 선택해서 이를 삶의 원동력으로 삼아야 한다.
그리고 힘껏 실현해야 한다.

3

예전에 잠시 알고 지내던 인디 가수가 있다. 학창 시절, 공부보
다 기타 치고 노래하는 게 더 좋았던 그녀는 결국 음악을 선택했지만,
그 선택을 지지하는 사람은 아무도 없었다. 부모는 당장 그만두라고
했고, 선생님은 못 미덥다는 눈길로 바라봤으며, 친구들은 아닌 척했
지만, 속으로는 비웃는 듯했다.

하지만 그녀는 포기하지 않았고 시련이 클수록 더 용기를 냈다.

"내 마음이 끌리는 길로 가고 싶었어요. 아무도 응원하지 않고
허락하지 않았지만, 그럴수록 오히려 더 이를 악물고 노력하게
되더라고요."

몇 년간의 고투 끝에 그녀는 마침내 앨범을 냈고, 평단의 인정을
받았다. 덕분에 음악 활동을 통해 충분한 수입도 얻게 되었다. 다만
대중적 인지도가 아쉬웠는데, 어느 인터뷰에서 그녀는 이 점을 언급
하며 솔직히 말했다.

"이제는 유명해지고 싶어요."

이 인터뷰로 그녀는 여론의 공격을 받았다. 음악성을 인정받은 재야의 고수가 '나만의 음악 세계를 좀 더 추구하고 싶어요'라는 고상한 대답 대신 다분히 세속적인 욕망을 드러냈다는 게 이유였다. 그들에게 이런 욕망은 드러내서도, 용납할 수도 없는 금단의 열매였던 셈이다.

하지만 유명해지고 싶다고 해서, 또 그 욕망을 표현했다고 해서 비난을 받아야 할까? 눈부신 스포트라이트 아래로 뛰어든 사람은 하나같이 유명해지기를 갈망한다. 단순히 명성이 돈과 명예를 가져다주기 때문만은 아니다. 그보다 명성 자체를 자기 작품에 대한 인정과 존중으로 치환할 수 있기 때문이다. 유명해지면 그만큼 더 많은 사람이 자신의 노래를 듣게 된다. 가수에게 이보다 더 매력적인 일이 어디 있겠는가.

비단 가수뿐만이 아니다. 음악이든 소설이든 영화든 뭐든, 무언가를 창조해 내는 사람에게는 명성이 곧 보상이다. 결국은 모두가 유명해지기를 바란다는 것이다.

그녀는 그런 욕망을 솔직히 표현했다는 이유로 부당하게 비난받았다. 하지만 자신의 재능과 노력, 뛰어난 창작물로 유명해지기를 바라는 것은 죄가 아니라 오히려 정당한 요구가 아닐까.

자신을 억누르고 욕망을 절제하는 사람만이 대단할까?
자신의 욕망을 만족시킬 능력이 있는 동시에
부적절한 욕망을 제어할 줄 아는 사람이
훨씬 더 대단하지 않은가?

욕망을 억누르기만 하는 삶은 그저 '살아 있는 것'에 불과하다. 욕망을 적당히 억누를 줄도, 적절히 놓아둘 줄도 알아야만 비로소 제대로 '살아가고 있다'고 할 수 있다. 욕망의 노예가 되어서도 안 되지만 모든 욕망을 끊어낸 수도승처럼 살 필요도 없다. 우리는 깨달음의 경지에 오른 고승이 아니다. 세상 풍파를 이길 도리도 없고 통달할 능력도 없다.

한 번 사는 인생, 이왕이면 조금이라도 마음 편하고 행복하게 사는 게 좋지 않겠는가.

한 유명한 극작가가 이런 말을 했다.

"나는 모든 것에 저항할 수 있다, 유혹만 빼고."

이 말을 빌려, 나는 이렇게 말하고 싶다.

"나는 모든 것을 자제할 수 있다, 욕망만 빼고."

85

미련한 한걸음보다

합리적 뒷걸음이

멋진 이유

．

．

．

승복하되 굴복하지는 말고,
강해지되 강한 척하지 않기.

1

지난주 요가학원에 갔을 때, 새로 배운 동작이 좀처럼 되지 않아 애를 먹었다. 내 생각에는 꽤 고난도 동작이라 실패하는 게 당연하지 않았나 싶은데, 강사는 미간을 찌푸리며 이렇게 말하는 것이 아닌가.

"아니, 이게 왜 안 되시지. 수업 들은 지 꽤 되지 않았어요?"

나는 일부러 너털웃음을 지었다.

"죄송해요, 제가 워낙에 몸치라서 잘 안 되네요."

나의 솔직한 자아비판에 강사도 뜨끔했는지 당황한 미소를 지었다. 그러더니 그다음부터 가르치는 태도가 조금 달라졌다. 좀 더 인내심을 발휘하며 동작 하나하나를 꼼꼼히 잡아 주고, 내가 잘 따라가지 못해도 더 이상 재촉하지 않았다.

그래, 진작 이렇게 했어야지. 자기는 숙련된 전문가고 나는 생초보에 심지어 몸치인데, 나한테 왜 안 되느냐고 물으면 쓰나. 시작이 달랐으니 서 있는 위치도 다른 법. 상대를 인정하면 까다롭게 굴 일이 없다.

2

모 결혼정보회사에서 개최한 미팅 파티, 한 남자가 주변의 시선을 끌었다. 특별히 잘나서가 아니었다. 오히려 반대였다. 그는 미팅 파티에 매번 참여하는데 한 번도 커플 매칭에 성공한 적이 없는 것으로 유명했다.

한 오지라퍼가 그다지 좋지 않은 의도를 품고 그에게 다가가 빙긋대며 말을 붙였다. 한눈에도 비아냥댐이 느껴졌다.

"어때요, 이번에는 잘 풀릴 것 같아요?"

뜻밖에도 남자는 망설임 없이 대답했다.

"별로 가능성이 없어 보이네요. 보다시피 난 돈도 많지 않고, 잘생긴 것도 아니고, 키가 크거나 학벌이 좋지도 않으니까요."

그저 당황해서 쑥스럽게 웃거나 얼굴을 붉히겠거니 했던 예상을 훌쩍 뛰어넘는 직설적인 대답이었다. 지나치게 솔직한 탓에 오히려 질문한 사람이 위로의 말을 찾아 줄 정도였다. 그런데 난감해하고 있는 오지라퍼를 더욱 민망하게 하는 말이 그의 입에서 나왔다.

"내가 부족하다는 건 나도 인정해요. 그런데 인정하니 오히려 낫더라고요. 괜한 자존심에 매달릴 때보다 훨씬 편해요. 여기가 바닥인 걸 인정하고 나니 겸허해지기도 하고 말이죠. 오늘은 어디까지나 정신 수양하는 심정으로 나왔어요. 이미 낸 연회비가 아깝기도 하고."

주변에 가벼운 웃음이 일었다. 다들 솔직담백한 그에게서 의외의 매력을 느낀 듯했다. 그중에 그에게 조금 특별한 주의를 기울인 여성이 있었다. 그의 솔직함에 끌린 그녀는 그에게 먼저 다가가 말을 걸었고, 마침내 두 사람은 사이좋게 파티장을 떠났다.

3

반대로 '인정하지 못해서' 화를 당한 사람도 있다.

얼마 전 신문에서 본 기사다. 한 젊은 연인이 데이트를 하다가 불량배들과 시비가 붙었다. 불량배들이 여자를 향해 음담패설을 던지고 휘파람을 불어댄 게 원인이었다. 처음에 남자는 화가 난 여자친구를 달래 그 자리를 피하려 했다. 그런데 여자친구가 '실망했다, 너 남자 맞냐, 자존심도 없냐, 위험에서 지켜 주지도 못하는 남자를 어떻게 만나냐'며 몰아붙이자 어쩔 수 없이 불량배들에게 맞섰다. 말다툼은 곧 주먹다짐으로 번졌고, 결국 남자는 피투성이가 되어 병원으로 실려 갔고 돌이킬 수 없는 상처를 입었다.

만약 그가 자신의 불리함을 인정하고 그 자리를 피했다면 어떻게 됐을까? 물론 인정하지 말아야 할 때도 있다. 하지만 어디까지나 때와 장소, 상황을 잘 따져 판단해야 한다.

마지노선을 넘지 않는 수준의 '적절한 인정'은
불필요한 갈등과 다툼을 피할 수 있는
합리적 후퇴이기도 하다.

4

마카오의 도박꾼들 사이에 금언처럼 떠도는 말이 있다. 매일 똑같은 판돈을 들고 가되, 다 잃으면 지체 없이 털고 나올 것. 이를 '승복'이라고 한다. 쉽게 말해 패배를 인정하는 것이다.

이 금언을 철저히 지키는 도박꾼이 있었다. 1,000만 원으로 잭팟을 터뜨려 몇십 억대의 자산가가 된 후 카지노의 VIP로 대접받는 전설적인 인물이었다. 그는 항상 딱 1,000만 원만 가지고 도박판에 앉았고, 그 돈을 다 잃으면 미련 없이 일어났다. 가족들은 매일같이 카지노를 들락거리는 그에게 별다른 불만이 없었다. 어차피 도박으로 돈을 번 데다 현재 자산 규모에서 그쯤이야 푼돈에 불과했기 때문이다.

하지만 그도 결국 눈이 멀어 원칙을 깨는 날이 오고 말았다. 졌다는 사실을 인정하지 못하고 가져간 판돈이 다 떨어졌는데도 일어나지 않고 돈을 빌려 게임을 계속한 것이다. 돈을 잃고 또 잃어도 멈출 줄 몰랐다. 재산을 탕진하고 빚이 눈덩이처럼 커졌지만, 그는 여전히 승복하지 못한 채 다시 도박판에 앉았다. 그리고 결국 회사 공금까지 손을 댔다.

브레이크가 고장 난 기차처럼 폭주하던 그의 도박 행각은 공금 횡령 사실이 발각되어 체포되고 나서야 멈췄다. 피해는 고스란히 그의 가족들에게 돌아갔다. 아내와 아이들은 집까지 들이닥친 빚쟁이들에 놀라 야반도주했고, 하루 끼니를 걱정해야 할 만큼 비참한 상황에 부딪혔다.

인생은 바둑과 같아서 늘 이길 수만은 없다.
누구든 패배를 인정하고 승복해야 할 때가 온다.
그리고 승복해야 할 때 승복하지 못한 결과는

대개 하나같이 비참하다.
물러서야 할 때 물러서지 않는다면,
결국 스스로 목을 조르는 자충수를 두게 마련이다.

자신의 나약함과 부족함을 인정한다고 해서 나약하고 부족한
사람이 되는 것은 아니다. 오히려 솔직하게 인정하고 내려놓으면 새
로운 길이 보이기도 한다. 때로는 세상을 향해 무기를 치켜들지만 말
고 손을 들고 항복하는 것도 현명한 삶의 방식이다.

자신이 놓인 자리를 객관적으로 파악하고, 큰 틀을 해치지 않는
선에서 적당히 엄살도 부리고, 솔직히 열세를 인정하면서 도움을 청
할 줄도 알아야 한다. 우리가 슈퍼맨도 아니고 무슨 수로 매사에 이기
며 살겠는가. 평범한 인간으로 잘 살아남으려면 최소의 투입으로 최
대의 결과를 얻어 내는 것이 최선이다.

승복하되 굴복하지 말고,
강해지되 강한 척하지는 마라.
그리고 기억할 점은,
이 세상은 나를 도울 만한 힘이 충분하다는 것이다.

즐기면 그뿐,

무얼 더

바랄 것인가

.
.
.

배워서 즐겁고 할 수 있어 기쁘면 그만이다.
배운다고 무조건 '잘해야' 하거나
'완전히 정복해야' 할 필요는 없다.

1

여섯 살이 되던 해 나는 사랑에 빠졌다. 첫눈에 반했고 손을 떼지 못했다. 상대는 커다랗고 우아하며 아름다운 악기, 피아노였다.

피아노의 주인이었던 먼 친척은 그런 나를 보고 엄마에게 말했다. 아이 손가락이 갸름하고 야무진 것을 보니 피아노 치기에 적격이라고, 여건이 되면 한번 가르쳐 보라고. 그 말을 들은 부모님은 큰마음을 먹고 나를 유명한 선생님이 있는 피아노 학원에 데리고 갔다.

명성이 높은 교사는 대개 엄하다. 그 피아노 선생님도 예외는 아니어서, 기본기부터 매우 깐깐하고 엄격하게 가르쳤다.

피아노를 배운다는 생각에 신이 난 내게 선생님은 손 모양부터 가르쳤다. 첫 일주일은 달걀을 쥔 것처럼 손을 둥글게 말고 바른 모양을 유지한 채 건반을 누르는 연습만 했다. 힘들게 손 모양을 잡고 난 뒤에는 정석대로 연습곡을 배우기 시작했다. 바이엘, 하농, 체르니…. 피아노 치는 기술을 배우기엔 적격이었지만 하나같이 딱딱하고 재미

없었다. 한 곡을 다 치고 나서도 내가 무엇을 쳤는지 알 수 없을 만큼 이 곡이 저 곡 같고, 저 곡이 그 곡 같았다. 가장 두려웠던 것은 선생님이 내준 숙제를 잘하지 못했을 때였다. 선생님은 새로 배운 곡을 전부 외워 오게 시켰는데, 치다가 머뭇거리거나 틀리기라도 하면 짧고 가느다란 회초리로 손등을 때렸다. 어린 나에게는 그야말로 엄청난 공포였다.

피아노에 대한 사랑은 빠르게 식어 버렸다. 흥미와 호기심이 사라진 자리를 두려움과 지루함이 파고들었다. 피아노를 보기만 해도 헛구역질이 나왔다. 울고불고 떼를 쓴 끝에 피아노 레슨을 그만뒀다. 내 인생의 처음이자 마지막 음악 여행은 그렇게 비극으로 막을 내렸다.

머릿속에서 완전히 잊혀진 피아노는 고등학생 때 짝이었던 친구네 집에서 다시 만나게 됐다. 내가 도착했을 때 친구는 마침 피아노를 치고 있었다. 곡이 귀에 익어서 자세히 들어보니 당시 내가 가장 좋아하던 가수의 노래였다. 그 노래를 피아노로 연주하는 것은 처음 들어보았는데 그야말로 눈물겨울 만큼 감미로웠다. 아름다운 선율도 그렇지만 그보다 나를 더 감탄하게 만든 것은 친구의 끈기였다. 피아노를 저만큼 잘 치려면 대체 그 지루한 바이엘이나 하농, 체르니 같은 연습곡을 얼마나 많이, 얼마나 오래 쳐야 했을까? 하지만 연습곡을 얼마나 쳤냐는 질문에 친구는 어리둥절한 표정을 지었다.

"나 연습곡은 쳐 본 적 없는데?"

"말도 안 돼. 그럼 피아노 배울 때 뭘 쳤어?"

"내가 치고 싶은 걸 쳤지."

도무지 믿을 수 없다는 듯 바라보는 나에게 친구는 자신이 피아노를 배운 과정을 들려주었다.

친구도 나처럼 어렸을 때 피아노와 사랑에 빠졌다고 했다. 다만 그녀의 부모님은 전문교사를 붙이는 대신 유치원 교사인 어머니가 그녀에게 직접 악보 보는 법과 피아노 계이름을 가르쳤다. 그런 뒤 무슨 노래를 치고 싶으냐고 물었다. '반짝반짝 작은 별'과 '곰 세 마리'를 치고 싶다고 하자 어머니는 악보를 구해 와서 스스로 연습해 보라고 했다.

그녀는 아무 부담감 없이 놀이하듯이 피아노를 쳤다. 악보를 보며 더듬더듬 한 음씩 치다 보면 어느새 한 곡이 끝나 있었다. 마음에 드는 곡은 막힘없이 칠 수 있을 때까지 반복해서 쳤고, 마음에 들지 않는 곡은 몇 번 뚱땅거리다 말기도 했다. 그녀는 그렇게 수많은 곡을 익혔고 나중에는 학예회에서 피아노를 연주하는 수준까지 올랐다. 선생님과 친구들의 열렬한 박수를 받은 그녀는 피아노를 더욱 좋아하게 되었다. 그때까지도 부모님은 그녀가 치고 싶다는 곡의 악보를 구해다 줄 뿐 더 잘하기를 요구하거나 바라지 않았다. 그녀는 늘 즐겁게 피아노를 쳤고, 그것은 지금도 마찬가지라 했다.

나는 친구가 연주하는 모습을 가만히 바라보았다. 손은 느슨하게 풀어져 있고 운지법도 제멋대로였다. 전문가가 본다면 나쁜 버릇을 아마 수십 개쯤 지적할 것 같았다. 하지만 그게 다 무슨 상관인가.

그녀는 오후의 부드러운 햇살 속에 눈을 감고 피아노의 희고 검은 건반 위를 자유롭게 유영하고 있었다. 자신의 손가락이 만드는 선율에 취해, 희미한 미소를 띠고. 그런 그녀를 보고 몇 군데가 틀렸느니, 자세가 바르지 않다느니 지적할 사람은 없을 것이다. 그 순간 그 자리에 있는 것은 우아하고 생동감 넘치는 젊은 연주자와 그녀가 만들어 내는 아름다운 음악뿐이었다.

마침 과일을 가져온 그녀의 어머니에게 왜 정식으로 피아노를 가르치지 않았느냐고 여쭸다. 그러자 아주머니는 어깨를 으쓱이며 이렇게 대답했다.

"저 아이가 정식 연주자가 되기를 바랐다면 그랬겠지. 하지만 그렇지 않은 이상, 음악은 어디까지나 즐기기 위한 것이라고 생각했거든. 피아노를 치면서 스스로 즐거울 수 있다면 그만 아니겠니? 굳이 전문가 수준에 도달할 필요까지 있나, 본인이 좋으면 된 거지."

나는 고개를 끄덕일 수밖에 없었다.

무언가를 배울 때, 그것으로 먹고살 작정이 아닌 이상 '배워서 할 수 있는' 정도만 되어도 충분하다. 배워서 즐겁고 할 수 있어 기쁘면 그만이다. 본인이 즐기면서 더 높은 경지를 추구하는 것은 상관없지만 경지에 이르지 못한다고 괴로워할 필요도 없다. 배운다고 무조건 '잘해야' 되거나 '완전히 정복해야' 하는 것은 아니다.

2

이번 달부터 베이킹 수업을 듣기 시작했다. 수강생은 나를 포함해 여덟 명, 다들 열심히 배우려는 의지가 충만해서 분위기가 매우 좋았다. 그중에서도 특히 열심인 수강생이 한 명 있는데, 학교 다닐 때 분명히 모범생이었겠구나 싶을 만큼 강사의 지시를 정확히 따르는 모습이 도드라졌다. 밀가루의 무게를 달 때나 녹인 버터의 온도를 잴 때 한 치의 오차도 허락하지 않겠다는 듯 신중에 신중을 기한 결과, 오븐에서 나온 그녀의 작품은 마치 기계로 찍어낸 듯 모양과 색이 일정했다. 오, 놀라워라!

그에 비해 내 바로 옆 테이블을 차지한 여자아이들은 그야말로 자유분방 그 자체였다. 촉촉한 밀가루 반죽을 치댈 때부터 온갖 기발한 아이디어를 발휘해서 별의별 동물을 다 만들어 내더니 나중에는 아예 창조적으로 레시피를 재해석하기 시작했다. 어떤 아이는 달아야 좋다며 설탕을 몇 스푼 더 넣었고, 어떤 아이는 평소에 바삭거리는 식감을 좋아한다며 일부러 몇 분 더 구웠다. 그리고 마침내 오븐에서 디저트를 꺼냈을 때, 그 달콤한 냄새를 참지 못하고 너 한 입, 나 한 입, 강사님 한 입 해 가며 다 먹어 치웠다. 그래놓고 뒤늦게 사진 한 장 못 찍었다며 호들갑 떠는 모습이 어찌나 귀엽고 재미있던지! 다들 배꼽을 잡고 웃었다.

그렇게 서로 웃고 떠들며 디저트를 맛보는 사이, 강사가 예의 그 모범 수강생 앞에 섰다. 그야말로 완벽 그 자체인 그녀가 만든 카스텔라를 맛보려는데, 갑자기 그녀가 잠시 기다려 달라며 허둥지둥 카메라를 꺼냈다. 그리고 신중한 태도로 시간을 들여 상하좌우 모든 각도에서 사진을 족히 열 몇 장을 찍었다.

강사는 이미 식어 버린 디저트를 집어 들며 질문을 던졌다.

"카스텔라를 별로 안 좋아한다고 하신 것 같은데, 맞나요?"
"맞아요. 저뿐만 아니라 가족 전부가 안 좋아해요. 그보다는 코코넛 과자처럼 담백하고 고소한 디저트를 선호하죠."

그녀는 잠시 망설이다가 한마디 덧붙였다.

"그래도 이왕 배우는 건데 뭐든 제대로 해야 하잖아요. 카스텔라든, 코코넛 과자든."

강사가 또다시 물었다.

"베이킹은 왜 배우시는데요? 혹시 디저트 가게를 열 계획이세요?"
"아뇨, 그냥 가족들 해 주려고 배우는 거예요."

그러자 강사가 그녀의 어깨를 가볍게 토닥였다.

"그럼 좀 더 편안한 마음으로 가족들이 좋아하는 걸 하셔도 돼요. 저는 여러분이 '완벽한 디저트'가 아니라 '맛있는 디저트'를 만들 수 있기를 바라요. 그거면 충분하답니다."

그녀의 얼굴에는 당혹감이, 강사의 얼굴에는 미소가 떠올랐다.

"디저트를 만드는 건 얼마든지 가벼운 마음으로 해도 되는 일이에요. 팥소가 가득 든 빵을 좋아하면 터지지 않을 만큼만, 양껏 채워 넣으세요. 짭짤한 에그타르트를 먹고 싶다면 소금 반 스푼 정도를 더 넣어도 돼요. 피자빵을 삼각형으로 만들고 싶으면 그렇게 하세요. 베이킹은 본질적으로 창조적인 작업이랍니다. 만약 모두가 똑같은 모양의 크루아상을 만들고 맛도 구분도 안 되는 똑같은 스펀지케이크만 굽는다면 얼마나 재미없겠어요?"

강사는 다정한 눈빛으로 우리를 둘러보았다.

"코코넛 과자가 좋다면 한 판 가득 굽고, 카스텔라가 싫다면 아예 만들 생각도 마세요. 아무리 빼어난 디저트를 만든다고 해도 나와 가족이 맛있게 먹을 수 없다면 결국은 실패작이나 다름없어요. 베이킹의 목적은 어디까지나 자신과 내가 사랑하는 사람들을 기쁘게 하기 위한 것이니까요. 색과 모양과 맛이 완벽한 디저트를 만들지 못해도 괜찮아요. 여러분이 이곳에 있는 시간을 충분히 즐기며 편안한 마음으로 자신이 원하는 베이킹을 할 수 있기를 바랍니다."

3

소설을 쓰는 후배가 있다. 문장 스타일이며 아이디어며 당장 책을 내도 손색이 없을 정도라서 원한다면 괜찮은 출판사 몇 군데를 연결해 주겠노라고 넌지시 제안했다. 그런데 한참 망설이던 후배는 아직은 세상에 자기 작품을 내놓을 생각이 없다며 거절했다. 어째서냐고 묻자 뜻밖에 이런 대답이 돌아왔다.

"책을 냈는데 안 팔리면 너무 창피하잖아요."

절로 실소가 터져 나왔다.

"완벽한 결과가 보장되지 않는다면 아예 시도조차 하지 않겠다는 뜻이야? 아니, 왜?"

그녀의 걱정대로 책이 잘 팔리지 않을 수도 있다. 모든 책이 백만 부의 판매고를 올리는 것은 아니니까. 하지만 단 몇 사람이라도 내 책을 읽고 공감해 준다면, 내 글의 가치를 알아준다면 그것만으로도 충분하지 않은가.

첫술에 배부를 수는 없다. 마찬가지로 첫 시도에 만족할 만한 결과를 얻기란 쉽지 않다. 수십 년 작품 활동을 하고 수많은 상을 탄 작가도 스스로 완벽하다고 생각하지 않는다. 처음부터 완벽을 바라는 사람은 영원히 첫걸음을 뗄 수 없다. 스스로에게 그런 짐을 지우는 것은 실로 어리석은 짓이다.

하지만 안타깝게도 완벽하게 해내지 못할지도 모른다는 이유로 수많은 선택지를 시도조차 해 보지 않고 포기하는 사람이 너무나 많다.

4

지난 주말, 집에서 TV를 보며 몇 달째 뜨고 있는 목도리를 마무리했다. 마침 집에 놀러 와있던 이웃집 아주머니가 엄마와 수다를 떨다 말고 내 손에 들린 뜨개질 거리를 보며 참견했다.

"아휴, 너무 단순한 무늬로만 뜨고 있네. 내가 예쁜 무늬 뜨는 법 몇 가지 알려 줄게. 그것만 배워 두면 보는 사람마다 네 뜨개질 실력이 대단하다고 감탄할 게다."

나는 방긋 웃으며 아주머니의 호의를 정중히 거절했다. 그런 뒤 계속 단순한 무늬로 뜨개질을 하며 TV를 봤다.

내가 뜨개질을 하는 이유는 TV를 보는 동안 심심한 손을 놀리기 위해서다. 단지 그뿐, 특별히 예쁘거나 대단한 작품을 만들고 싶은 마음은 없다. 멋진 목도리나 스웨터를 갖고 싶으면 백화점에 가서 하나 사면 그만이다. 누군가에게 자랑하고 싶어서 뜨개질을 시작한 것도 아니다. 가벼운 마음으로 시간을 보낼 수 있다는 점이야말로 '뜨개질'이 내게 주는 가장 큰 효과이자 가치다.

나는 뜨개질에 재주가 없다.

인정한다.

하지만 그런다고 나쁠 것 하나 없더라!

·

·

·

주저 없이 고를
단 하나의 사랑

.
.
.

내가 아직 줄 수 있기를.
그리고 그대가 아직 받아 줄 수 있기를.

1

동료 작가 C에게 재미있는 이야기를 들었다.

어느 해인가 C는 친구의 별장을 빌려 한 달 정도 원고 작업을 했다. 그가 별장을 떠난 후에 친구에게 전화가 왔다. 친구는 한참 망설이더니 혹시 별장에 머무는 동안 주변 사람에게 원한을 산 일이 있냐고 물었다. C는 깜짝 놀랐다. 문제의 별장은 외딴곳에 있어서 주변에 이웃이라고 할 만한 집도 얼마 되지 않았지만, 그 몇 안 되는 이웃 역시 다 예의 바르고 교양 있는 사람이라 좋은 기억밖에 없었기 때문이다. 그런데 느닷없이 원한이라니?

친구 역시 그 사실을 잘 알기에 곤혹스럽다고 했다. 무슨 일이 있냐고 묻자 지금 별장에 와 있는데, 요 며칠간 하루도 빠지지 않고 대문 앞에 죽은 물고기나 커다란 곤충 따위가 놓여 있다는 대답이 돌아왔다. 심지어 기다란 뱀이 핏기가 성성한 채 늘어져 있던 적도 있다고 했다. 하도 깜짝 놀라서 이제는 문밖에 나가기조차 무섭다고, 친구는 떨리는 목소리로 말했다.

안 그래도 심약하고 여린 친구가 걱정됐던 C는 전화기를 붙들고 한나절 내내 여러 가능성을 요리조리 따져 보았지만, 두 사람 모두 뾰족한 답을 떠올리지 못했다. 어쩔 수 없이 전화를 끊으려는 찰나, 갑자기 한 가지 일이 C의 뇌리를 스쳤다.

한창 원고 작업 중이던 늦은 봄, 난데없이 내린 우박 섞인 비가 그치고 난 뒤 C는 산책에 나섰다. 그런데 강가에서 이름 모를 커다란 새가 날개를 다친 채 퍼덕이고 있는 것을 발견했다. 그녀는 어렵사리 새를 집으로 데려가서 상처에 약을 발라 주고, 자신이 먹으려고 사 둔 생선을 먹여 가며 정성껏 돌보았다. 그리고 어느 정도 기력을 회복시킨 뒤 풀어 주었다. 그 일을 이야기하자 친구는 믿을 수 없다는 듯 말했다.

"뭐야, 설마 전래동화 속 은혜 갚은 까치 같은 거야?"

C는 자신 없는 말투로 까치는 아니었다고 중얼거렸고, 친구는 어쨌든 주의 깊게 지켜보겠다고 했다. 그로부터 며칠 뒤, 드디어 '주인공'이 모습을 드러냈다. 커다란 회색 새가 대문 앞에 죽은 물고기를 물어다 놓는 장면이 포착된 것이다. 야생동물을 잘 아는 친구에 따르면 왜가리가 확실했다.

알고 보니 이 왜가리는 친구의 별장만이 아니라 근처의 다른 농가 앞에도 물고기를 가져다 놓고 있었다. 아니나 다를까, 그 농가 주인도 왜가리에게 먹이를 준 적이 있다고 했다.

농가 주인이 들려준 이야기는 더 흥미로웠다. 왜가리가 '선물'을 가져다 둔 후 어디선가 자신을 관찰하고 있다는 것이다. 언젠가는 물고기를 가지고 들어갔더니 다음 날도 똑같이 물고기를 놓아두었다고 했다. 반면, 왜가리가 두고 간 죽은 곤충은 내다 버리자 다시는 대문 앞에 곤충이 놓여 있지 않았다.

이 기묘하고 신기한 이야기를 듣는 동안 친구의 머릿속에는 늠름한 중세 기사가 떠올랐다고 한다. '어쩔 수 없다'는 듯 머리를 긁적이며 중후하게 이렇게 말하는 모습을 말이다.

"이런, 이것도 싫고 저것도 싫다니. 정말 손이 많이 가는 녀석이로구나. 알았다, 내 다시 궁리해 보마."

나 역시 이 이야기에서 느껴지는 불가사의하고 기묘한 호의에 그만 웃고 말았다. 이 얼마나 어리석고, 너그럽고, 무조건적 애정이 가득한 은혜 갚기인지. 미스터리한 일은 이처럼 어이 없는 헤프닝으로 마무리 됐다. 그런데 이 어리석고, 너그럽고, 무조건적 애정이 또 한번 내게 쏟아진 일이 있었다.

새 책이 나와서 블로그와 SNS에 홍보 글을 올렸더니 잠시 후 엄마에게 전화가 걸려왔다.

"딸, 책이 새로 나왔네. 엄마가 뭐 도와줄 일 없을까?"

나는 괜히 마음 쓰지 마시라고, 책은 보내드릴 테니 침대 머리맡에 두고 잠 안 올 때 읽어 주시기만 하라고 손사래를 쳤다. 엄마는 소녀처럼 웃으시며 알겠다고 했다.

얼마 뒤 명절을 쇠러 본가에 갔는데 친척 어른이 나를 보자마자 엄마가 걱정스럽다고 했다. 요새 밥을 먹을 때든 차를 마실 때든 수시로 휴대전화를 들여다보며 무언가를 계속한다는 것이다. 대체 어디에 정신이 팔렸는지 모르지만 위험한 일에 빠지진 않았는지 엄마를 잘 떠보라고 했다.

나는 곧장 엄마에게 가서 물었다.

"엄마, 요즘 휴대전화로 뭐 하세요? 재밌는 게임이라도 하시는 거예요?"

엄마는 선뜻 알려 주지 않았지만 내가 집요하게 캐묻자 못 이기겠다는 듯 망설이며 입을 열었다.

"그게…, 네 글에 '좋아요'를 누르고 있어."

좋아요? SNS에 누르는 그 '좋아요'? 나는 당황해서 말까지 더듬었다.

"어, 엄마가 그, 그런 걸 할 줄 아세요?"

"누가 그러더구나, 네 SNS 페이지에 '좋아요'를 많이 누르면 네 인기가 올라간다고. 내가 노안 탓에 잘 안 보여서 글은 못 남기겠고, 그나마 '좋아요' 누르는 건 할 수 있으니 매일 열심히 눌렀지. 손가락 조금 놀리면 우리 딸 인기가 올라간다는데, 수천 번을 못 누르겠니?"

"엄마⋯."

울어야 할지 웃어야 할지 알 수 없었다. 내가 활동하는 SNS는 '좋아요'를 누를 수 있는 권한이 ID당 한 번뿐이다. 엄마가 수백 번을 눌렀어도 결국은, '좋아요' 했다가 취소했다가 다시 '좋아요'를 반복한 것밖에 되지 않는 셈이다. 엄연히 말하면 시간 낭비, 에너지 낭비였다.

하지만 나는 아무 말도 하지 못했다. 그저 눈도 불편하신데 휴대전화를 너무 많이 보지는 마시라고, 가까스로 한마디 했을 뿐이다. 엄마에게 다 소용없는 짓이라고 설명했어야 할까? 모르겠다.

엄마가 왜 그랬는지는 너무나 잘 안다. 조금이나마 나를 돕고 싶었기 때문이다. 자신의 모든 것을 동원해서 힘껏 딸을 사랑해 주고 싶었기 때문이다. 그래서 흐릿한 눈을 찌푸리고 자그마한 휴대전화 화면을 들여다보며 하루 종일 '좋아요'를 누른 것이다. 그런 사랑을 넘치도록 받았으면서 내가 무슨 권리로 엄마에게 실망감을 안긴다는 말인가.

부디 이 글만큼은 엄마가 보지 않았으면 좋겠다. 계속 나를 위해 '좋아요'를 눌러 주면 좋겠다. 엄마가 딸을 돕고 있다는 만족감에 빠져 살 수 있다면 정말 좋겠다.

2

어릴 적 나는 꾸미기를 좋아하는 아이였다. 그 탓에 한겨울에도 예쁜 부츠만을 고집했는데, 문제는 부츠라는 물건이 원래 예쁠수록 미끄럼 방지 기능이 떨어진다는 점이다. 게다가 난 심각한 몸치인지라 빙판길에서 조금만 삐끗해도 균형을 못 잡고 엉덩방아를 찧거나 발목을 접질리기 일쑤였다. 그래서 겨울에는 항상 아빠와 함께 등하교를 했다. 아빠는 내게 거목과 같은 든든한 버팀목이었다. 키가 크고 건장한 아빠의 팔을 붙들면 아무리 미끄러운 빙판길도 두렵지 않았다.

버팀목 같았던 아빠는 어느 해, 내가 성인이 되어 이제 혼자 씩씩하게 걷게 되었을 때 쓰러지고 말았다. 다행히 적절한 때 치료를 받아 건강은 회복했지만 대신 거동이 불편해져서 지팡이를 짚게 되었다. 지금은 옆에서 보는 사람만 안쓰럽지, 정작 본인은 아무렇지도 않은 듯 여전히 여기저기 잘 다니신다.

이번 겨울, 본가에 갔을 때 나는 또 집 앞 골목 빙판길에서 넘어지고 말았다. 얼얼한 엉덩이를 문지르며 뒤뚱뒤뚱 들어서는 나를 보고 아빠는 '허허' 웃으시면서도 얼른 일어나 타박상 연고를 가져오셨다. 나는 이 나이 먹어서 애처럼 넘어진 게 쑥스러워 볼멘소리로 집 앞이 또 얼음판이 되었다고 투덜댔다.

다음 날, 모처럼 늦잠을 자고 나와 보니 아빠가 보이지 않았다. 지팡이도 없는 것을 보니 바깥에 나가신 게 분명했다. 나는 벌컥 화부터 났다. 이렇게 추운 날씨에, 더구나 길까지 꽁꽁 얼어붙은 마당에 걸음도 불편하신 양반이 대체 어디를 가신 걸까? 내가 나가지 마시라고 신신당부했는데! 혹시나 넘어지기라도 하면 어쩌시려고!

황급히 밖으로 나갔을 때 다행히 저 멀리 골목 어귀에서 느릿느릿 걷고 있는 아빠의 모습이 보였다. 나는 서둘러 아빠 쪽으로 가려다가 뭔가 이상한 것을 느끼고 멈춰 섰다. 고개 숙여 아래를 보니 빙판 길에 빼곡히 뚫려 있는 작고 둥근 구멍들이 보였다. 깊지는 않지만 워낙 수가 많은 탓에 빙판이 거칠거칠해져서 더 이상 미끄럽지 않았다. 발밑을 보며 멍하니 서 있는데 옆집 아저씨가 나와서 말했다.

"네 아빠, 오늘 새벽부터 저러고 있다. 사람들이 그만하면 됐다고 해도 들질 않고 혼자 끙끙대면서 지팡이로 얼음판에 꾹꾹 구멍을 내놓더라. 아마 누가 미끄러져 넘어질까 걱정돼서 그러는 모양이야."

나는 두 손으로 눈두덩을 꼭 누르고 있다가 간신히 큰 소리로 아빠를 불렀다.

"아빠…!"

키 크고 구부정한 그림자가 천천히 몸을 돌렸다. 차고 맑은 공기 속으로 하얀 입김이 퍼졌다. 코끝까지 빨개진 얼굴이 나를 향해 반갑게 미소 짓고 있었다. 나는 그 얼굴을 향해 망설임 없이 달려갔다.

무엇을 걱정하겠는가.
이토록 단단한 사랑을 붙들고
한 걸음 한 걸음 걷는 한,
절대 넘어질 리 없다.

이 세상에는 어쩜 이렇게나 우직한 이가 많은지.
그들은 때때로 아무 소용없는 짓을 열심히 하기도 하고, 쉽게 할 수 있는 일을 어렵게 하기도 하며, 심지어 어이없는 웃음이 나오는 행동을 하기도 한다.

그들이 바라는 것은 오로지 하나, 당신을 품에 꼭 안고 자신들에게 가장 좋은 것을 당신의 품에 한 아름 안겨 주는 것이다. 마치 당신이 아직도 요람 안에 누워 있는 작고 무력한 아기인 양, 진심과 정성을 다해 당신을 보호하고 돌보려 할 뿐이다.

어리석은 그들은 사랑을 덜어놓을 줄도, 흥정할 줄도 모르고 그저 한없이 퍼부어 선물할 줄만 안다. 그런 그들의 사랑은 화려하거나 대단하지 않지만, 그 분량만큼은 착실하고 확실하다.

평생 잃고 싶지 않은 단 하나를 고르라면
나는 주저 없이 이 사랑을 고를 것이다.
늘 더 주지 못해 미안해하는 그들이지만
사실은 그것만으로 충분하다.
아니, 그것만으로도 만족한다.
이제는 내가 그들에게 주고 싶다. 충분히, 아주 많이.
그리고 그들이 좀 더 오래도록 받아 줄 수 있기를,
간절히 바라고 또 바란다.

잘 살아가기 위해

애쓰는

반짝이는 노력들

.

.

.

'정갈함'은
물질적 극치가 아니라 정신적 극치다.

내 인생에는 절대 잊지 못할 세 명의 할머니가 있다.

1

첫 번째는 프랑스 파리에 머물 때 이웃에 살던 할머니다. 일흔을 훌쩍 넘긴 백발의 그녀는 희고 붉은 장미가 흐드러진 아름다운 정원이 있는 작은 집에 혼자 살았다. 장미가 얼마나 싱그럽고 탐스러운지, 볼 때마다 심장이 두근거릴 정도였다. 그녀의 정원에 매료된 게 나만은 아니었는지 무심코 창밖을 내다볼 때마다 할머니의 정원 앞에서 사진을 찍는 사람들을 볼 수 있었다.

하지만 정원보다 더 매력적인 것은 바로 주인 할머니였다. 그녀는 사람들이 사진을 찍고 있으면 슬쩍 문을 열고 나와 방긋 웃으며 물었다.

"시간 있으면 들어와서 차 한잔하고 가려우?"

나 역시 오후의 티타임에 종종 초대를 받았는데, 처음 그녀의 집에 들어갔을 때 느꼈던 경이로움이 아직도 생생하다.

그토록 사랑스러운 집이라니! 할머니의 집은 크지 않았지만 작은 소품부터 오래된 가구에 이르기까지 모든 것이 딱 맞는 자리에 놓여 은은한 세월의 빛을 내뿜고 있었다. 또 장미 애호가의 집답게 곳곳에 신선한 장미가 예쁜 화병에 꽂혀 있었다. 할머니는 장미로 이런 것도 할 수 있다며 내게 직접 만든 꽃 모양 비누와 향기로운 쿠키를 선물로 주셨다.

할머니가 차를 꺼내려고 찬장을 열었을 때 나는 또 한 번 놀라고 말았다. 알록달록 예쁜 캔이 찬장 한가득 차 있었기 때문이다. 세계 각지에서 모아온 차❋라고 했다. 스리랑카 고지대에서 난다는 우바, 인도의 다즐링과 아쌈 같은 홍차부터 일본의 말차, 중국의 철관음, 남미의 마테차까지 그야말로 없는 게 없었다. 할머니는 예전에 여행을 자주 다녔는데 가는 곳마다 하나둘씩 모으다 보니 이렇게 많아졌다고 말했다.

거실에 앉아 할머니가 우려준 향긋한 차를 마시며 이런저런 이야기를 하고 있으면 어디선가 갸르릉 소리를 내며 샴고양이가 나타났다. 매끈하고 윤기 흐르는 털에 바다색 눈동자가 아름다웠던 그 고양이는 늘 프랑스 궁정의 귀족처럼 느리고 고상하게 움직여서 감탄을 자아냈는데, 사실 그건 할머니도 마찬가지였다. 젊은 시절 발레를 배웠다더니 그래서일까. 손짓과 몸짓 하나하나가 매끄럽고 아름다웠다. 심지어 딸기 파이를 자르는 동작마저 우아했다.

할머니는 내가 작가이며 시를 좋아한다는 사실을 알고 매우 기뻐했다. 그녀 역시 시를 사랑했기 때문이다. 보들레르의 『악의 꽃』, 칼린 지브란의 『모래, 물거품』을 이야기하며 잔뜩 들떠 있는 그녀의 모습은 꼭 열일곱 살 소녀 같았다.

평생을 독신으로 살아온 할머니의 유일한 가족으로 수양딸이 있었는데, 십여 년 전에 먼저 세상을 떠났다고 했다. 하지만 그녀는 슬픔도, 외로움도 내비치지 않았다. 젊은 시절의 딸이 환하게 웃는 사진을 머리맡에 두었다가 매일 잠들기 전 사진에 키스를 한다는 이야기를 할 때도 여전히 희미한 미소를 지었다.

그녀는 농담도 잘했다. 젊은이가 좋아하는 위트와 젊은이가 따라갈 수 없는 지혜가 있었고, 길에서 우연히 만난 이와도 오랜 친구처럼 대화할 수 있는 친화력이 있었다. 온 동네에 그녀를 모르는 사람이 없었다. 그녀를 좋아하지 않는 사람도 없었다. 그녀에 관해 이야기할 때면 모두가 '그 할머니'가 아니라 '그 친구'라고 불렀다.

많은 세월이 흘렀지만 나는 여전히 그녀가 보고 싶다.
그 정결하고 매력적이며 기품 있는 노인이 그립다.
나이가 들어도 얼마든지 사랑스러울 수 있음을,
얼마든지 그리움의 대상이 될 수 있음을
그녀는 내게 가르쳐 주었다.

2

나의 친척 할머니도 파리의 할머니와 결이 비슷했다. 먼 지방에 사는 그녀의 집에 다녀올 때마다 우리에게는 항상 무언가 이야깃거리가 생겼는데, 나이 든 사람이 젊은 사람의 화제에 그다지 오르지 않는다는 점을 고려하면 할머니가 얼마나 인상적인 인물이었는지 알 수 있다.

젊은 시절 할머니는 이른바 곱게 자란 부잣집 규수였다. 얼마나 부자였느냐면 그 시대 유명한 경극 배우인 매란방梅蘭芳이 집안 잔칫날 와서 노래를 부를 정도였다. 할머니가 어렸을 때는 먹고 싶은 것, 입고 싶은 것을 한 번도 고민하지 않고 모두 얻었다고 했다 . 이후 가세가 기울었지만 오랜 세월 몸에 익은 습관은 변하지 않았다. 기억나는 것부터 이야기하자면 이른 새벽에 차를 마시는 습관으로, 이는 할머니 인생에서 철칙과 같았다. 할머니가 가장 좋아한 것은 말리화 차였다. 최상품을 종류별로 갖춰 놓고 있었을 뿐만 아니라 일부러 말리화를 키워서 꽃을 따 말려 두었다가 차를 마실 때마다 한 송이씩 띄우기도 했다. 말린 꽃봉오리가 진한 향기를 뿜으며 뜨거운 찻물 안에서 피어나면 보기도 좋고 맛도 좋았다.

부자로 살던 습관은 '반드시 고기가 있을 것'이라는 음식 원칙에도 잘 나타났다. 할머니 집에서는 매 끼니마다 식탁에 한 덩어리라도 고기가 꼭 올라왔다. 게다가 할머니가 만드는 음식은 하나같이 희한할 정도로 맛있었는데, 심지어 단순한 무나물마저도 다른 곳에서는 맛보지 못한 풍미가 느껴졌다. 나중에 알게 된 할머니의 비법은 바로 육수였다. 일주일에 한 번 고기 육수를 진하게 끓여서 항아리에 넣어 두었다가 요리나 반찬을 할 때 한 국자씩 넣었던 것이다. 이 역시 부자로 살던 시절의 습관이었다.

할머니는 늘 본인이 직접 지은 고풍스럽고 깔끔한 전통 의복을 입었다. 모양은 소박해도 옷감이 좋은 옷들이었다. 대개 순면이나 비단을 썼는데 여름철에 놀러 가면 우리에게도 얇은 비단옷을 입혔다. 비단만큼 시원한 옷도 없다는 게 이유였다. 또 집에 놀러 온 친척 중 입성이 초라한 이가 있으면 당장 커다란 궤짝에서 좋은 천을 꺼내어 뚝딱뚝딱 옷을 지어 주기도 했다. 나중에 할머니가 돌아가신 후 집을 정리하다가 붙박이장 하나 가득한 옷감들을 발견했다. 색과 무늬는 소박했지만 촉감이 고급지고 부드러운 게 그녀를 꼭 닮은 옷감들이었다.

할머니가 세상을 떠난 지 벌써 수년이 흘렀지만
우리는 아직도 그녀를 추억한다.
그렇게 기품 있는 사람을,
그토록 고아한 삶의 모습을 살면서 또 만날 수 있을까.
아마 힘들 것이다.

121

3

마지막은 이웃에 사는 가난한 할머니다.

그녀는 자식들에게 버림받고 작은 집에 혼자 살았다. 생계유지를 위해 매일 작은 손수레를 끌고 나와 손수건이나 바늘꽂이 등 여러 가지 소품을 팔았는데, 놀랍게도 주변 사람들 모두 이런 그녀를 무시하기는커녕 오히려 존중하고 존경했다. 그게 가능한가 싶겠지만 그녀를 실제로 본다면 절로 수긍하게 될 것이다.

궁핍한 형편에도 할머니는 늘 단아했다. 눈처럼 하얀 백발은 저렴하지만 향기 좋은 머릿기름을 발라 꼼꼼히 빗어 넘겼고, 낡고 여기저기 기운 옷일지언정 깨끗이 빨아 말끔히 다려 입었다. 흔히 말하는 노인 냄새는 조금도 나지 않았다. 머리끝부터 발끝까지 깔끔 그 자체였다.

파는 물건도 대부분 그녀가 직접 만든 것이었다. 수를 놓은 손수건, 뜨개질한 목도리, 토시 따위였는데, 보기만 해도 할머니 솜씨에 감탄이 절로 나왔다. 동네 아이들이 물건을 사러 오면 쌈지에서 볶은 땅콩 같은 간식을 꺼내 나눠 주었는데 그 쌈지에조차 작고 예쁜 꽃들이 아름답게 수놓아져 있었다.

햇살 좋은 날이면 할머니는 한 채뿐인 이불을 꺼내어 팡팡 털고 널어 볕에 쬐었다. 해를 잔뜩 머금은 이불은 보송하다 못해 바스락거렸다. 그녀는 종종 널어 둔 이불 옆에 앉아 베갯속을 갈았는데 주로 시골에서 가져왔다는 메밀껍질을 채워 넣었다. 때로는 이웃이 필요 없다고 내준 찻잎을 바싹 말려 넣기도 했다. 찻잎이 들어간 베개는 토닥토닥 두들길 때마다 은은한 차향을 풍겼다.

한번은 무언가 사러 갔다가 우연히 할머니의 도시락을 보게 되었다. 자그맣고 낡은 양은 도시락통 안에는 잡곡밥과 나물 반찬 몇 가지뿐이었지만 색 조합이며 담음새가 너무 예뻤다. 게다가 냄새는 또 왜 그리 향긋한지! 철없는 아이들이 지나가다 냄새에 이끌려 한 입만 먹어 봐도 되냐고 졸라댔다.

그녀는 겉모습뿐만 아니라 태도도 멋졌다. 손수레 곁에 앉아 있다가 아는 사람을 만나면 입가에 미소를 머금고 고개를 살짝 숙여 인사하는 모습에는 여유와 당당함이 엿보였다. 할머니에게는 손수 자기 삶을 꾸리고 이끌어 가는 자의 기개가 있었다.

매정한 자식들이 왜 그녀를 버렸는지는 모르겠지만 한 가지만은 확실하다. 자식이 없어도, 가족이나 친지가 없어도, 아니 세상에 아무도 없어도 그녀는 여전히 여유 있고, 정갈하고, 윤택하고, 자유롭게 살아갈 것이다. 생활에 끌려가지 않고 생활을 스스로 만들어 가는 사람은 그럴 수밖에 없다.

우리는 변명처럼 말한다. 복잡하고 힘들고 각박한 세상, 할 일도, 스트레스도 넘쳐서 생활을 정리하고 돌볼 시간도, 여유도, 여력도 없다고. 그러니 대충 시켜 먹고, 청소는 미루고, 빨래는 입을 게 없을 때 하고, 옷은 건조대에서 바로 걷어 입고, 봉두난발에 부은 얼굴로 하루를 보내도 어쩔 수 없지 않느냐고.

생존을 위해 생활을 잊는다.

아니, 무시한다.

살아남기 위해 살아가는 일을 소홀히 한다.

그럴 때 이 할머니들은 존재만으로 내게 커다란 가르침이 된다. 스스로 비춰 보고 부족함을 반성하게 하는 거울이 된다.

내 인생의 각기 다른 시기, 다른 곳에서 만난 세 명의 할머니는 서로 매우 닮아있다. 각자 처지는 달랐지만, 모두가 자신의 생활을 정갈하게 꾸려 가는 법을 알고 있었다. 누군가는 그들의 나이를 핑곗거리로 삼을지 모른다. 오랜 세월 세상 풍파를 겪다 보니 자연히 기품과 교양이 생긴 것이라고, 그랬기에 그런 정갈한 생활이 가능하다고 할지도 모른다. 우리는 젊으니까, 아직 미숙하고 혈기 왕성하니까 사는 게 조금은 엉망이고 대충이어도 어쩔 수 없다고 할지도 모른다.

하지만 이 역시 또 다른 변명일 뿐이다. 정갈한 생활은 나이와 상관없다. 나는 그 사실을 한 젊은 친구를 보며 깨달았다.

4

그녀는 평범한 직장인이다. 8시 반까지 출근하고 퇴근은 5시지만 더 늦어질 때도 많다. 그럼에도 그녀의 일상은 비교적 규칙적이고 정갈하다. 매일 아침 일찍 일어나 40분 정도 조깅을 한 뒤 아침을 챙겨 먹는다. 잘 차린 아침 식사를 사진으로 찍어 블로그에 올리는 것도 중요한 일과다. 설거지를 하고 샤워를 한 뒤 얼굴에는 간단하게 선크림 정도만 바르고 출근한다.

출근해서는 가장 먼저 컴퓨터를 켜고 옆에 놓아 둔 작은 식물에 물을 준다. 그리고 텀블러에 담아온 따뜻한 차를 마시며 오전 업무를 처리한다. 점심을 먹고 나면 30분 정도 짬이 나는데, 그녀는 이 시간 동안 짧은 낮잠을 잔다. 안대와 푹신한 목베개를 끼고 의자에 기대어 한숨 자고 나면 훨씬 맑은 정신으로 오후 일을 처리할 수 있다.

그녀가 저녁 약속을 잡는 일은 거의 없다. 너무 늦은 시간에 기름지게 먹거나 과식하는 일을 꺼리는 데다 술도 좋아하지 않기 때문이다. 퇴근 후에는 곧장 집으로 돌아와 씻고 저녁을 차려 먹은 후 한 시간 정도 책을 보거나 아껴 두었던 드라마 한 편을 본다. 얼굴 가득 영양 크림을 바르고 마사지를 하며 드라마를 보는 것이 소소한 낙이다. 잘 매만져서 매끈해진 얼굴을 톡톡 두드리며 누우면 잠들기에 딱 좋은 상태가 된다.

주말에 친구들과 소풍을 갈 때 그녀가 끼면 모임의 품격이 달라진다. 일단 그녀가 없을 때 당연하게 준비되던 번쩍이는 은박 돗자리와 편의점 김밥이, 빨간 체크 무늬 돗자리와 홈메이드 샌드위치로 업그레이드된다. 거기에 날이 서늘하면 무릎담요와 핫팩이, 날이 더우면 휴대용 선풍기가 더해진다. 손을 닦을 수 있는 물티슈와 쓰레기를 따로 담을 봉투는 기본이다.

다들 왁자지껄 떠들고 있으면 그녀는 바구니에서 온갖 맛난 것들을 꺼내어 마술처럼 펼쳐놓는다. 꼭지 뗀 딸기, 잘 구운 쿠키와 크래커, 작고 예쁜 병에 담긴 형형색색의 과일잼, 그리고 직접 내려 보온병에 담아온 커피를 우리에게 따라 준다. 그 모든 행동이 그녀에게는 지극히 자연스럽다. 억지로 꾸며낸 부분은 하나도 없이 모든 게 절로 몸에 배어 있달까.

요즘 그녀는 남자친구가 없지만 그녀를 아는 사람은 모두 이렇게 생각한다. '연애를 못 하는 게 아니라 안 하는 것이라고. 지금 그녀 주변에는 그녀에게 어울릴 남자가 없다'고 말이다.

그녀의 행동 하나하나는 남에게 보여 주기 위한 것이 아니었다. 그저 자신에게 주어진 하루를 더욱 정갈히 살아가기 위해 의식하고 노력한 자연스러운 결과다.

바쁘게 돌아가는 하루,
정신없이 지나치는 인파 속에서
나는 종종 다른 색채를 지닌 섬세한 그림자들을 만난다.
단순히 살아남는 데 매몰되지 않고
잘 살아가려고 애쓰는, 반짝이는 노력들을 마주친다.

매달 월급에서 일부분을 떼어 모아 몇 달 만에 좋은 구스 이불을 샀다는 사회초년생이 그렇다. 지친 하루의 끝, 자신에게 안락하고 포근한 잠자리를 선물하고 싶었다는 그녀의 말이 듣기 좋았다.

오롯이 자신만을 위해 안락의자를 들여놨다는 아랫집 아주머니가 그렇다. 하루 종일 가족들 뒤치다꺼리에 산더미 같이 쌓인 집안일을 해치운 늦은 저녁, 안락의자에 몸을 깊숙이 묻고 다리를 쭉 펴면 오늘 하루도 잘 살아냈다는 실감이 든다고 했다.

전기 용접 일을 하는 이웃 아저씨는 외국 사는 친구에게 부탁해 영국 왕실에서 쓴다는 이집트산 고급 타월과 가운을 샀단다. 우연한 기회에 써 봤을 때 얼굴을 폭 감싸는 느낌이 너무나도 좋았기 때문이다.

자신을 소중히 대하고 싶은 욕구는 누구에게나 있다. 다만 각자에게 맞는 방식을 아직 찾지 못했거나 찾아가고 있을 뿐이다. 정갈한 생활은 명품 가방이나 비싼 차나 호화로운 집으로 만들어지지 않는다. 물질적 풍요가 정갈한 생활을 보장하지는 않는다는 뜻이다.

아무리 값비싼 명품 구두를 신는다고 해도 한 켤레에 만족하지 못하고, 두 켤레, 세 켤레, 새로운 구두를 계속 사들이는 것은 졸부의 행태에 불과하다. 이런 사람은 자신이 가진 부 덕분에 부러움의 대상은 될 수 있을지언정 존경받기는 힘들다. 아니, 멸시를 당하지나 않으면 다행이다.

진짜 신사는 최고급 수제화 한 켤레를 사서 잘 관리하며 오래도록 신는다. 항상 곧고 바른 자세로 걷고, 함부로 발을 끌거나 부딪치지 않기 때문에 신발을 상하게 하는 일도 없다. 평소에는 구두의 먼지를 털어 두며 일주일에 한 번은 꼼꼼하게 광내어 닦는다. 이렇게 소중히 다뤄진 구두는 세월이 갈수록 가죽이 부드러워지고 은은한 광택이 나며 어떤 명품 구두도 따라올 수 없는 깊은 멋을 지닌다.

정갈한 삶의 태도를 지닌 사람만이 정갈한 물건의 주인이 될 수 있다. 길가에서 산 꽃 한 송이, 어느 집에나 있는 평범한 이불, 흔히 살 수 있는 전기 주전자, 특별할 것 없는 디자인의 기성복도 이들의 손에 들어가면 정갈함의 일부분이 된다.

'정갈함'은 물질적 극치가 아니라 정신적 극치이며, 억지로 꾸며낼 수 있는 게 아니라 오랫동안 진심으로 추구하고 노력해야 얻을 수 있는 결과다.

정갈한 삶의 본질이란
결국, 구석구석 제 손으로 돌보고 꾸린
편안한 공간에서 잠들고 깨며,
평범한 매일을 좀 더 충만하고 건실한 하루로
만들어가는 데 있다.
정갈하게 사는 사람은 누구나 왕족이다.
자신의 삶을 온전히 다스리고 있기에.

나도 정갈하게 살고 싶다. 내 삶의 왕족이 되고 싶다.
정갈한 생활을 위한 노력은 그래서 지금도 현재진행형이다.

3장.

공식도 답도 없는
인생이지만

나를 위해,
상대를 위해
거절하는 삶

·
·
·

당신을 이해하는 사람이라면
적절한 거절로 서로에 대한 존중을
확인할 수 있고,
당신을 이해하지 못하는 사람이라면
확실한 거절로써 후환을 미연에 방지할 수 있다.

1

지난 설 명절, 본가에 간 나는 엄마와 한 가지 '약조'를 맺었다. 이번 연휴 기간 내내 둘 다 다른 약속을 잡지 않고 모녀끼리 오붓하게 보내기로 한 것이다. 이를 위해 엄마는 친구와의 모임을, 나는 친구와의 만남을 포기하기로 엄숙히 선언했다. 그런 뒤 둘이서 쇼핑도 하고, 요리도 하고, 수다를 떨며 일주일짜리 연휴를 하루하루 알차게 보내고 있었다. 그러나 우리의 약조는 닷새째 되던 날, 엄마한테 걸려온 전화 한 통에 와장창 깨졌다. 그날 우리는 일정에 맞춰 찜질방에 갈 채비를 하고 있었는데 엄마가 전화를 받더니 이런 대화를 나누는 게 아닌가.

"응? 쇼핑? 언제? 아, 두 시쯤? 음…, 그래, 알았어."

'알았어'라니, 세상에! 나는 도무지 믿을 수 없다는 얼굴로 엄마를 뚫어지게 바라봤고, 엄마는 안절부절못하며 내 시선을 피했다.

"엄마, 우리 찜질방 가기로 했잖아요. 난 오늘 엄마랑 찜질방 가려고 동창 모임도 미뤘단 말이야. 그런데 어떻게 고민 한 번 안하고 그렇게 흔쾌히 대답할 수가 있어요?"

엄마는 미간을 찌푸리며 곤란하다는 듯 말했다.

"아휴, 나도 참. 알아, 아는데…, 도무지 거절할 수가 없는데 어떡하니."

그렇다, 우리 엄마는 거절을 못 하는 사람이다. 엄마는 성격이 시원시원하고 사람을 좋아하는 만큼 친구도 많은데, 거절을 못 하는 치명적인 단점 때문에 종종 이런 사태가 벌어진다.

"여보세요. 아, 유나 엄마. 내일 오전 열 시에 차 마시러 온다고? 그래그래, 와요."
"여보세요. 어머, 미영 씨구나. 내일? 괜찮지. 열 시? 응, 괜찮아. 내일 봐."
"여보세요. 언니야? 나야 잘 지내지. 무슨 일인데? 내일 오전? 알았어요."

나는 옆에서 듣고 있다가 등골이 오싹해졌다.

"엄마, 내일 오전에 대체 몇 사람이랑 만나기로 한 거예요? 다 겹치는 거 같은데?"

엄마는 내 말을 듣고 그제서야 곤혹스러워했다.

"그러게, 어쩌면 좋지? 하지만 다들 그때 만나자는데 어떻게 안 된다고 하니?"

다음 날 오전 열 시, 우리 집 거실에 전화로 약속을 잡은 그 모든 사람이 떨떠름한 표정으로 서로를 곁눈질하는 광경이 펼쳐졌다. 엄마는 긴장한 기색을 감추려고 차를 내오느니, 과일을 깎아오느니 일부러 더 호들갑을 떨었지만, 딱딱한 분위기는 좀처럼 누그러들지 않았다. 나는 그런 손님들의 불편한 심정을 십분 이해했다.

생각해 보시라. 둘만 아는 중요한 이야기를 하러 왔는데 제삼자가 떡하니 앉아 있다면 기분이 어떻겠는가? 아니, 단순히 수다나 떨러 왔다고 해도 나와 약속한 그 시간에 다른 사람과 또 약속을 잡았다면? 그 사실 자체가 불쾌하지 않을까. 아무리 친한 사이라 해도 무시당했다는 생각이 들 수밖에 없을 것이다.

결국 세 사람 모두 말을 하는 둥 마는 둥 하다가 앞다투어 총총히 돌아갔다. 나는 울상이 된 엄마에게 참지 못하고 한마디 했다.

"엄마, 다음부터 이런 일 생기면 선약이 있다고 거절하세요."

그러자 엄마가 발끈하며 대꾸했다.

"어떻게 그래? 예의 없이. 상대방 기분을 상하게 하면 안 되지!"
"아니, 그럼 오늘 그분들은 엄마가 거절을 안 해서 기분 좋았겠어요? 난생처음 보는 사람들이랑 둘러앉아서 의미 없이 30분을 보내고 갔는데? 이런 대접을 받고도 과연 엄마를 예의 바르다고 생각하겠느냐고요?"

엄마는 아무 말도 하지 못했다. 사실 알고 보면 모든 사람에게 동시에 예의를 지키는 것 자체가 가장 예의 없는 행동이다.

2

한 공무원이 뇌물 수수 혐의로 체포된 후 인터뷰에서 왜 그랬냐는 질문을 받고 이런 답을 내놓았다.

"누구 돈은 받고 누구 돈은 안 받으면 미안하잖아요."

그에게 제일 처음 뇌물을 준 사람은 그의 상사였다. 이미 부패한

공무원이었던 상사는 자신이 뇌물 받은 사실을 그가 알게 되자 입막음을 위해 두툼한 봉투를 건넸고, '마음이 여린' 그는 며칠 고민하다가 결국 그 돈을 받고 말았다. 물론 이때 돈을 받아든 이유도 '상사의 기분을 상하게 할까 봐'였다. 처음이 있으면 두 번째도 있는 법, 한 번 넘은 선을 또 넘기란 어려운 일이 아니었다. 게다가 사람들이 친근하게 웃으며 이렇게 말하면 받지 않고 배길 도리가 없었다고 했다.

"주무관님, 받아주시죠. 저를 무시하는 건가요? 정말 섭섭합니다."

그는 단지 안하무인이라는 평판을 듣고 싶지 않았을 뿐이라고 변명했다. 그러나 그의 바람과 달리 상황은 점점 더 걷잡을 수 없이 치달았고, 그가 심각성을 깨달았을 때는 이미 돌이킬 수 없는 지경에 이른 뒤였다.

그는 충혈된 눈으로 카메라를 향해 이렇게 말했다.

"난 욕심 많은 사람이 아닙니다. 사치한 적도 없고, 도박 같은 것에 손댄 적도 없어요. 심지어 받은 돈도 거의 다 그대로 있다고요. 나는 단지 거절하지 못했을 뿐입니다."

단지 나쁜 사람이 되고 싶지 않아서, 거절하는 게 힘들어서 고개를 끄덕인 것이 부패공무원이라는 오명으로 되돌아온 셈이다.

3

대학 다닐 때 일이다. 같은 과에 여신으로 칭송받는 친구가 있었다. 길고 검은 생머리에 투명한 피부, 인기 아이돌을 연상시키는 이목구비의 소유자로 성격마저 부드럽고 조용했다. 내가 남자였어도 정신 못 차리고 쫓아다녔을 성싶었다. 그리고 역시 사람 생각은 다 거기서 거기인지, 그녀는 선배나 후배, 동기를 막론하고 수많은 남자에게 끊임없는 구애를 받았다.

문제는 그녀가 지나치게 부끄럼이 많다는 점이었다. 얼마나 부끄럼이 많은지 차마 '싫다'는 말을 못 할 정도였다. 그래서 누군가 만나자고 하면 좋든 싫든 거절하지 못하고 고개를 끄덕였고, 선물을 주면 잠시 망설이다 결국 받아들기 일쑤였다. 이처럼 애매한 태도를 취하다 보니 그녀를 둘러싸고 치정 싸움이 벌어지기도 했다. 한번은 선배 하나와 젊은 교수가 그녀 때문에 주먹다짐을 벌여서 선배는 정학, 교수는 망신살이 뻗친 일도 있었다.

그러던 어느 날 그녀에게 이미 결혼을 약속한 남자친구가 있다는 소문이 돌았다. 심지어 부모님들끼리 이미 상견례까지 마쳤다는 것이다. 곧 벌집을 쑤셔 놓은 듯 한바탕 난리가 났다. 안 그래도 그녀에게 감정이 좋지 못했던 여자 동기들을 중심으로 마른 풀에 불붙듯 온갖 험담과 억측이 퍼지기 시작했다.

순진한 척, 아무것도 모르는 척 내숭을 떨더니 백여우가 따로 없다는 수군거림부터 양다리가 아니라 세 다리, 네 다리까지 걸치고 있었다는 악의적 유언비어까지 쏟아져 나왔다. 면전에서 입에 담기 힘든 욕설마저 들은 그녀는 기숙사 방에 틀어박혀 울기만 했다.

사실 그녀는 사생활이 문란하지도 않았고, 순진한 척 남자를 꼬신 적도 없었다. 다만 지나치게 내성적이고 낯가림이 심한 탓에 남자가 말을 걸기만 해도 얼굴이 빨개지고 제대로 거절하지 못했을 뿐이다. 속으로는 싫어도, 싫다는 말조차 시원스레 하지 못했다. 그렇다 보니 억지로 고개를 끄덕인 후 스스로 이렇게 위안하기 일쑤였다.

'괜찮아, 밥 한 끼 먹는 것뿐인데 뭐. 별일 아니야.'

하지만 혈기 왕성한 남자들은 전혀 그렇게 생각하지 않았다. 그녀는 별일 아니라고 치부한 밥 한 끼를 그들은 꿈꾸던 여신과의 첫 데이트라 여겼고, 그녀가 어쩔 수 없이 연애편지를 받아 들면 고백을 받아 줬다고 믿었다. 선물 공세를 펼친 후 그녀가 거절하지 않았다는 이유만으로 그녀와 자신 사이에 특별한 뭔가가 있다고 믿는 녀석은 셀 수 없이 많았다.

그렇다고 그들을 나무랄 수는 없었다. 사람들은 대개 상대가 정확히 'NO'라고 말하지 않으면 암묵적으로 동의했다고 간주하기 때문이다.

사태는 마침내 비극으로 귀결되었다. 그녀를 둘러싼 온갖 풍문을 알게 된 남자친구가 이별을 고한 것이다. 그가 보낸 편지에는 단 몇 마디만 적혀 있었다.

"사랑이 특별한 건 네가 나에게만 고개를 끄덕이기 때문이야. 만약 네가 나만이 아니라 모든 사람에게 고개를 끄덕인다면 우리의 사랑은 특별함을 잃게 돼. 그리고 특별함을 잃은 사랑은 더 이상 사랑이라 할 수 없어."

잔인하지만 옳고, 여지를 기대할 수 없을 만큼 깔끔한 이별 선언이었다. 그녀는 절망에 빠져 몇 날 며칠을 울다가 결국 자퇴하고 자취를 감췄다. 그리고 그녀를 잘 아는 소수의 몇몇만이 안타까운 한숨을 내쉬었다.

모든 사람과 약속을 지키려고 하면
오히려 아무에게도 약속을 지키지 못하게 되고 만다.

4

친척 아저씨 한 분이 사우나 사업을 시작한 기념으로 우리 가족을 비롯한 친지들을 초대했다. 호화로운 시설과 융숭한 대접에 모두 만족했는데, 몇몇 친척이 지나치게 만족한 나머지 무리한 요구를 꺼냈다. 할인 혜택과 특별선물을 받을 수 있는 VIP 카드를 발급해 달라고 한 것이다. 그가 사장이니 이 정도 요구쯤은 쉽게 들어주리라 생각했는지 다들 당당했다. 하지만 예상과 달리 아저씨는 부드럽지만 단호하게 거절했다.

"여러분을 매년 한 차례 초대해서 이렇게 대접하는 건 어렵지 않지만, VIP 카드는 드릴 수 없습니다. 회사 규정상 VIP 카드는 일정 금액 이상 사용하신 분께만 발급하도록 되어 있어서요."

그러자 나이 많은 분들 위주로 볼멘소리가 새어 나왔다.

"아니, 자기가 사장인데 안 되는 게 어디 있어? 해 주기 싫으면 싫다고 솔직히 말하지, 무슨 회사 규정까지 들먹여. 쩨쩨하기는."

아저씨는 그 소리를 듣고도 별 대꾸 없이 웃기만 했다. 비록 당시에는 아무도 내 의견을 묻지 않았지만 나는 그가 아주 훌륭히 대처했다고 생각했다. 사업하는 사람에게 원칙이 없는 것만큼 위험한 일도 없다. 만약 사장이 인맥이며 학연, 지연 따위에 끌려 예외를 남발하고 밥 먹듯 규칙을 어긴다면 어떻게 되겠는가? 손실을 보는 것은 둘째치고 직원 기강이 해이해지고 관리가 어려워질 수밖에 없다.

몇 년 뒤, 아저씨의 사업이 번창해 확장 이전했다는 소식을 들었다. 사장부터 말단 직원까지 모두가 한마음으로 열심히 일한 결과였다. 무엇보다도 그렇게 아저씨를 흉보았던 친척들이 그때 당시의 껄끄러움을 완전히 잊었는지 입에 침이 마르게 그를 칭찬하는 모습이 제일 재미있었다. '사람이 원칙과 법도를 칼같이 지키더니 역시 사업도 잘한다, 진즉에 성공할 줄 알았다.'나 뭐라나. 이처럼 적절히 거절할 줄 아는 사람은 오히려 거절할 수 있는 권리를 얻는다.

약속을 정할 때는 선후를 분명히 하고, 감정에는 여지를 두지 말며, 스스로 정한 원칙은 누구든 쉽게 침범하도록 내버려 두지 않아야 한다. 선을 넘는 사람에게는 지체 없이 이렇게 말하자.

"아니오, 괜찮습니다. 죄송하지만 그렇게 할 수 없습니다. 사양합니다. 거절합니다."

거절해야 할 때 거절하는 것은 잘못도, 죄를 짓는 일도 아니다. 자신의 위치를 분명히 하는 것이다. 아니다 싶으면 상대에게 애매한 희망을 주지 말고 확실히 표현해야 한다. 그래야 더 큰 상처와 실망을 주지 않을 수 있다. 당신을 이해하는 사람이라면 적절한 거절로써 서로에 대한 존중을 확인할 수 있고, 당신을 이해하지 못하는 사람이라면 확실한 거절로써 후환을 미리 막을 수 있다.

때로는 좋은 거절이 새로운 시작이 되기도 한다. 그러니 거절을 잘하는 사람이 되도록 하자. 나를 위해 그리고 상대를 위해.

자신의 인생을 자기 손에 쥐고 싶다면
스스로 분명한 기준을 세우고 거절해야 할 때
분명히 거절할 수 있어야 한다.

·

·

·

각자 앞에 놓인 생,

그 길을 갈 뿐

.
.
.

인생이라는 놀이공원에서
롤러코스터를 탈지,
관람차를 탈지는
전적으로 자신이 결정할 일이다.

1

"더는 못 살아. 이혼할 거야. 그 인간이 나한테 손찌검을 했다고!"

여자는 울며 이를 갈았다. 눈가에 퍼런 멍이 선명했다. 오후의 카페는 한산했지만, 그녀와 그녀 앞에 앉은 중년 여인은 목소리를 낮출 생각이 없어 보였고, 본의 아니게 남의 가정사를 엿듣게 된 나는 시선을 책에 고정한 채 귀만 쫑긋했다.

나이 지긋한 중년 여인이 여자를 타이르며 말했다.

"부부가 살다 보면 이런 일도 저런 일도 있는 법이야. 침대 머리 맡에서 싸우고 발치에서 화해하는 게 부부라잖아. 손찌검한 건 잘못이지만 금방 사과했다며. 그냥 못 이기는 척 받아 줘. 남자들이 원래 그래, 제 성질을 못 이겨 일 저지르고 후회한다니까.

네가 좀 봐주렴."

여자의 얼굴이 일그러졌다.

"이건 명백한 가정폭력이야. 뭘 봐주라는 거야?"

중년 여인은 별 소란을 다 부린다는 듯 평온한 어투로 말을 이었다.

"가정폭력은 무슨, 딱 한 번 그랬잖니? 그 정도 갈등 없는 부부가
어디 있어. 네 이모부도 그랬다. 나도 젊었을 때 솔찬히 속 썩는
일이 많았어. 하지만 지금 보렴, 나이 먹고 철들어서 얼마나 잘
해 주니? 그제는 손수 물 끓여서 내 발을 다 씻겨 주더라."

여자는 기가 막힌다는 듯 목소리를 높였다.

"이모, 내 남편이 나이 먹어서 물 끓여 내 발을 닦아 줄지, 속 끓
여 나를 말려 죽일지 어떻게 알아? 아니, 그때까지 내가 맞아 죽
지 않고 살아 있을 거라 보장할 수는 있어? 내가 이 인간이랑 계
속 살다가 맞아 죽으면 이모가 책임질 거야?"

여자의 거친 기세에 눌렸는지 중년 여인은 아무 말도 하지 못했다.

"이모는 이모고, 나는 나야. 이모의 결혼생활을 일반화해서 나한테 적용하지 마. 난 내 인생 걸고 도박할 마음 전혀 없으니까."

2

〈실연 33일〉이라는 중국 영화가 한창 인기일 때, 한 부부가 같이 영화를 보고 나오다 대판 싸움이 붙었다. 발단은 영화 속 금혼식을 올린 노부부가 부러웠다는 남편의 말 한마디였다. 젊은 시절 할아버지는 바깥으로 돌며 외도를 일삼았지만, 할머니가 끝까지 견디며 지혜롭게 처신한 덕에 마침내 두 부부가 해로하는 모습이 부러워 눈물이 찔끔 났다는 말에 아내가 발끈한 것이다.

"정확히 뭐가 부러웠는데? 둘이 백년해로한 거, 아니면 실컷 바람피우고 나서 백년해로한 거?"

당황한 남편이 변명하듯 말했다.

"할아버지가 잘못한 건 맞지만 그래도 할머니가 얼굴색 하나 변하지 않고 할아버지의 바람 상대를 설득해서 스스로 물러나게 하는 장면은 멋지지 않았어?"
"아아, 당신이 결혼한 게 그런 여자가 아니라 나라서 매우 유감이네. 난 그렇게 못 해. 바람만 피워 봐, 당장 반쯤 죽여 놓을 테니까."

아내의 서슬 퍼런 위협에도 남편이 기어코 한마디를 더했다.

"하지만 그 노부부, 끝은 좋았잖아. 끝이 좋으면 다 좋은 거 아냐?"

아내가 결국 폭발하고 말았다.

"그건 그 사람들 얘기고! 우리가 그 지경에 이르면 끝이 좋은 게 아니라 끝장날 줄 알아!"

결혼식 모양은 다 비슷하지만 결혼해서 사는 모양은 제각각이다. 얼핏 비슷해 보이는 상황이라도 부부마다 속사정이 다르고 대응법도 천차만별이기에 결과 또한 다를 수밖에 없다.

어떤 부부는 남편이 바람을 피우고, 어떤 부부는 아내가 외도를 한다. 가정폭력이 벌어지는 경우 절대다수는 남편이 가해자이지만, 아내가 가해자인 사례도 없지 않다. 이런 상황에서 누군가는 참고 버틴다. 이를 악물고 신음을 삼킨다. 자신을 배신한 배우자가 회개하고 '돌아온 탕자'처럼 눈물 흘리며 돌아올 때까지, 혹은 자신의 잘못을 인정하며 절절한 후회와 통탄으로 무릎 꿇고 용서를 빌 때까지. 그러고는 넓은 마음으로 용서한 뒤 남은 노년을 서로 의지하며 보낸다. 말도 안 되는 소리 같지만 정말 이렇게 사는 부부도 있다.

문제는 이를 미화하며 모든 결혼에 일괄 적용하려는 사람들이다. 이런 사람들은 이른바 '경험자'의 자리에 서서 마치 자기는 다 안다는 듯 타이른다.

"한 눈은 뜨고 한 눈은 감고, 봐도 못 본 척 들어도 못 들은 척 살아야 하는 게 부부야. 어차피 늙으면 다 조강지처(혹은 조강지부)에게 돌아오게 되어 있어. 기운 떨어지면 더 이상 때리지도 못해. 사는 거 다 똑같아, 유난 떨지 마."

하지만 그 틀에 완전히 맞는 부부는 과연 얼마나 될까? '이번만 꾹 참으면' 아름다운 결말을 맺을 수 있다고, 과연 누가 장담하겠는가?

많은 사람이 반려자의 외도로 고통받는다. 가정폭력에 시달리는 이도 셀 수 없이 많다. 문제는 부부 당사자뿐만 아니라 자녀들까지 그 피해를 고스란히 겪는다는 점이다. 부모의 불화로 평생 이겨 내기 힘든 상처를 떠맡는 아이들이 얼마나 많은가. 심지어 부부간의 갈등이 극도로 심각해져서 한쪽이 다른 한쪽을 해치는 범죄가 벌어지기도 한다. 이런 불행 앞에서도 '참고 살면 좋은 날이 온다'고 말할 수 있을까.

3

반대의 경우도 마찬가지다.

같은 아파트에 사는 설이 씨는 세 번의 이혼을 겪었다. 넉넉하지 못한 벌이로 혼자 아이를 키우며 사느라 쪼들렸지만 늘 밝은 모습이 예뻐 보였는데, 갑자기 웬 남자 복이 터졌는지 연하의 대학원생과 결혼한다는 소식을 전해왔다. 그녀보다 무려 열 몇 살이나 어린 새신랑은 인물도 훤칠하고 조건도 좋은 데다 결정적으로 설이 씨를 너무도 사랑했다. 물론 결혼하기까지 마냥 순탄하지는 않았다. 등 뒤에서 그녀를 흉보는 사람도 많았다. 하지만 결혼 후 동네에서 가끔 두 사람과 마주치면 서로를 사랑하고 아끼는 게 눈에 보여서 절로 미소가 지어졌다.

하루는 마실 나갔다 돌아오는 길에 설이 씨 부부와 같이 엘리베이터를 타게 됐다. 두 사람이 나에게 반갑게 인사해 나 역시 푸근한 미소로 화답했는데, 마침 엘리베이터에 먼저 타 있던 할아버지가 영 심상치 않은 표정으로 설이 씨 부부를 힐끗거리더니 고개를 내저으며 혀를 찼다. 그러더니 결국 내리기 직전 기어코 폭탄 같은 한마디를 투하했다.

"비슷한 연배끼리 결혼하는 게 순리지, 젊은 총각이 나이 먹은 이혼녀랑 뭔 짓이래. 에잉, 쯧쯧."

설이 씨는 얼굴이 확 굳어지더니 아무 말도 못 하고 고개만 푹 숙였다. 그녀의 남편 역시 당황스럽고 화가 나서 어찌해야 할지 모르는 표정이었다. 나도 당혹스럽기는 매한가지였지만 얼른 정신을 차리고 최대한 단호한 목소리로 말했다.

"신경 쓰지 말아요. 좋아하는 사람이랑 결혼하는 게 진짜 순리니까."

두 사람은 잠시 멍하게 나를 바라보았다. 그리고 곧 무거운 짐을 내려놓은 사람처럼 환하게 웃었다.

인생은 수학 문제가 아니다.
공식을 대입한다고 답이 나오지 않을뿐더러
그나마 맞는 공식도 없다.
인생은 자유 주제 글쓰기다.
누구나 자기 생각대로 주제를 정하고
얼개를 잡고 내용을 채워 가야 한다.

큰 흐름에서 벗어나지만 않는다면 자신이 작성한 초안에 맞춰 최대한 글솜씨를 뽐내는 것이 최고다. 마지막에 받아 든 점수가 설혹 마음에 들지 않는다 해도, 이렇게 살아낸 인생은 누군가의 지시를 따르거나 누군가의 것을 베낀 게 아니기에 떳떳할 수 있다.

인생이라는 놀이공원에서 롤러코스터를 탈지, 관람차를 탈지는 전적으로 자신이 결정할 일이다. 남들이 좋다고 해서, 다들 그렇게 산다고 해서 나도 그 전철을 밟을 이유는 없다. 내게 주어진 단 한 번의 인생을 최선을 다해 내 마음에 들게 살아내면 그만이다.

결국은 각자 앞에 놓인 생, 그 길을 갈 뿐이다.

죽어라 버틸 뿐

진심 어린 공감은 없다

·
·
·

세상의 그 어떤 사람도

남의 감정 쓰레기를 뒤집어쓰고

아무 불쾌함 없이 허허 웃을 수는 없다.

1

사만다는 국내 정상급 비즈니스 의전 교육센터의 원장이다. 단정하고 우아한 외모에 친절하고 부드러운 말투, 어떤 상황에서도 실례를 범하지 않는 분별력과 인내력, 언제나 침착하고 흐트러짐 없는 태도의 소유자인 그녀를 보면 과연 저런 사람도 화를 낼 때가 있을까 궁금해질 정도다.

한번은 그녀와 함께 어느 기관이 주최한 모임에 참석한 적이 있었다. 마침 같은 테이블에 앉게 된 우리는 자연스레 그녀의 의전 교육 과정에 관해 이야기를 나누게 되었고, 주변 사람들도 흥미를 보였다. 그런데 한 남성이 갑자기 끼어들더니 수강료가 얼마냐고 물었다. 그녀가 대략 어느 정도라고 답하자 그는 휘파람을 불며 이죽거렸다.

"후유, 날강도도 아니고 겨우 인사하는 법 가르치면서 정말 엄청나게도 받아 드시네요?"

제 딴에는 유머랍시고 내뱉은 말인지 모르겠지만 그 말에 웃은 사람은 단 한 명도 없었다. 말투며 태도며 어쩜 그렇게 무식하고 예의가 없는지! 사만다가 자기 일을 얼마나 사랑하고 얼마나 열정이 큰지 아는 나로서는 그의 말이 사만다 개인을 향한 인신공격으로 느껴질 정도였다. 주변 사람들도 비슷한 생각이었는지 다들 사만다의 눈치를 살폈다.

하지만 사만다는 놀라우리만치 의연한 얼굴로 빙긋 웃으며 이렇게 대꾸했다.

"그렇죠? 하는 일에 비해 많이 받는 것 같긴 해요. 반성해야겠어요."

남자가 다른 테이블로 옮겨간 뒤, 나는 찬물을 들이켜며 사만다에게 말했다.

"진짜 훌륭하세요, 저런 심한 말을 농담으로 받아넘기다니…. 어지간한 사람은 상상도 못 할 거예요. 그런데 정말 화나지 않으세요?"

사만다는 아무런 대답을 하지 않았지만 잠시 후 무심코 그녀를 본 나는 소스라치게 놀라고 말았다. 그녀의 얼굴이 무시무시하게 일그러져 있었기 때문이다. 눈 주변은 벌겋고 입술은 꾹 다문 채 뒤틀려 있었으며 미간은 잔뜩 찌푸려져 있었다. 평소의 온화한 모습은 온데

간데없었다. 황급히 괜찮냐고 묻자 그녀는 낮지만 분명한, 분노가 느껴지는 목소리로 말했다.

"화가 안 나긴요, 화가 머리 끝까지 나요! 너무너무 화가 나서 미쳐 버릴 것 같아요! 뭐 저런 덜떨어진 인간이 다 있지?"

2

친구의 집에 초대받아 갔을 때의 일이다. 친구는 여덟 살짜리 아들을 키우고 있는데, 이 녀석이 어찌나 짓궂고 장난꾸러기인지 혼을 빼놓을 정도였다. 갑자기 달려들어 물뿌리개로 물을 뿌리지를 않나, 강아지 꼬리를 잡아당겨 비명을 지르게 하지 않나, 심지어 비싼 도자기까지 깨뜨렸다. 하지만 친구는 아들이 사고를 칠 때마다 조용히 불러서 온화하지만 단호한 태도로 무엇을 잘못했는지, 앞으로는 어떻게 해야 하는지 일러 줄 뿐 조금도 화를 내지 않았다. 아이가 진짜 이해하고 '알겠다'라고 대답할 때까지 그 과정을 몇 번이나 반복했다. 나는 감탄을 금하지 못했다.

"너 정말 잘 참는다. 원래 이런 성격이었어?"

그녀는 한숨을 푹 쉬었다.

"아니, 아들한테만 이래. 나 성격 더러운 거 알잖아. 평소 회사에서는 누가 나한테 목소리만 조금 높여도 바로 쏘아붙이는걸. 후배고 동료고 상사고 안 가려. 오죽하면 내 별명이 쌈닭이겠냐."

"설마, 아들한테 하는 걸 보면 전혀 안 그럴 것 같은데."

"괜히 이렇게 된 게 아니야. 내 남편도 성격이 나쁘거든? 회사에 불만도 많아. 퇴근하면 족히 30분은 그날 있었던 일을 얘기하면서 울분을 토한다니까. 그럼 난 또 그걸 다 참고 들어줘. 들어주기만 해? 어르고 달래고 위로하고 다 해. 어쩔 수 없어. 내가 '대나무 숲'이 되어서 답답한 속을 풀어 줘야지, 그렇지 않으면 남편은 매일 화만 낼 거야. 대체 애가 뭘 보고 배우겠어? 그야말로 난장판이 될 게 분명해. 난 절대 좋은 엄마, 현명한 아내가 아니야. 우리 가족을 위해 그렇게 보이려고 애쓰는 것뿐이지."

마지막으로 그녀는 쓸쓸하게 웃으며 한마디 덧붙였다.

"직장이야 다시 구하면 되지만 가족은 한 번 깨지면 끝이잖아."

3

얼마 전, 심각한 지진 피해를 겪은 이재민의 심리치료를 해 온 정신과 의사를 인터뷰했다. 그는 몇 달간 피해 지역에 머물며 심리상

담을 했을 뿐만 아니라 구호 작업도 도왔다. 내가 인터뷰를 한 시기는 그가 피해 지역에서 돌아온 직후였다. 인터뷰 전에 미리 그가 이재민과 상담하는 장면이 방송된 것을 찾아보았는데, 시종일관 부드러운 미소를 띤 채 온화하고 이해심 넘치는 눈빛으로 트라우마를 입은 사람들의 마음을 어루만져 주는 모습이 그야말로 천사가 따로 없었다.

그런데 직접 만난 그는 전혀 달랐다. 침착한 표정은 화면에서 보던 그대로였지만, 가라앉은 눈빛과 경직된 입매로 인터뷰 내내 단답형으로 일관하는 모습은 꼭 골이 잔뜩 난 사람 같았다. 결국 나는 준비한 질문을 잠시 미루고 조심스레 물었다.

"많이 지치신 것 같으세요. 그곳에서의 일이 많이 힘드셨나요?"

그는 흠칫 놀라더니 억지로 미소 지으며 말했다.

"그랬나 봅니다."
"혹시 제가 드린 질문 중에 부적절한 게 있었나요? 기분이 안 좋아 보이세요."

그가 황급히 손사래를 쳤다.

"아뇨, 질문은 아무 문제 없었습니다."

나는 정면 돌파하기로 했다.

"실례되는 말씀일 수도 있는데 환자 상담하실 때랑 너무 다르셔서 좀 놀랐어요."

그의 눈가가 조금 부드러워졌다.

"솔직히 말하면 돌아온 이후로 내내 이 상태예요. 사실 정신과 의사라고 다른 사람보다 부정적인 감정을 덜 느끼는 건 아닙니다. 하지만 직업윤리 때문에 그런 감정을 감추는 면은 있지요. 몇 달 동안 수많은 피와 죽음을 보고, 절망에 찬 울음소리를 들었는데 멀쩡할 리가 있겠어요. 저도 사람인데요. 하지만 상담할 때는 의연하게 절대 화 내지 않고 전혀 힘들어하지 않는 완벽한 경청자, 이해하는 사람의 역할을 해야 해요. 의사는 환자에게 반드시 괜찮아질 것이라는 확신과 희망, 힘을 줘야 하기 때문이죠. 솔직히 말하자면 전 줄곧 그런 의사인 척 연기한 셈입니다. 그러고 보니 예전에 본 글이 제 직업을 잘 설명해 주는 것 같네요."

'진짜 공감할 줄 아는 사람은 없다,
다만 죽어라 버티는 사람만 있을 뿐.'

그렇다. 어쩌면 타인의 감정에 진심으로 공감하는 사람이란 없을지도 모른다. 다만 누군가는 뛰어나게 연기를 잘하고, 누군가는 그마저도 꾸며내지 못하는 것일 뿐.

언제나 너그럽고 친절하게 당신의 하소연을 들어주는 그 사람도 알고 보면 한숨을 삼키며 애쓰고 버티고 있는지, 누가 알겠는가. 어쩌면 눈앞의 미소는 단순히 무의식적인 반응일지도 모른다. 따스한 말은 예의 바른 위장술에 불과할 수도 있다. 한밤중에 싫은 내색 없이 몇 시간씩 푸념을 들어주는 이유도, 단지 예전에 당신이 자신의 전화를 잘 받아 준 게 고마워서 그 보답을 하는 것인지도 모른다.

세상 그 어떤 사람도 남의 감정 쓰레기를 덮어쓰고
아무런 불쾌함 없이 허허 웃을 수는 없다.
누군가에게 훌륭한 인격자라는 덫을 씌우고
그렇게 해 주기를 바란다면,
친구가 아니라 감정 쓰레기통이 필요한 것이다.

늘 다정하고 배려와 포용력이 넘치며 내 말을 언제나 기꺼이 들어 주는 (혹은 것처럼 보이는) 친구가 있는가? 그렇다면 당신은 행운이다. 부당한 대우를 받지 않는 한 그 친구는 계속 그런 친구로 남을 것이다. 사람은 '공감을 잘한다'는 말을 칭찬으로 받아들이며, 칭찬받는 행동을 계속 유지하고자 하는 기묘한 관성에 쉽게 사로잡히기 때문이다. 그래서 친밀한 관계 유지를 위해, 사업상 협력을 위해, 체면을 지키기 위해, 심지어 단순히 화목한 분위기를 위해 훌륭한 인격자의 가면을 계속 쓰고 있을 수 있다. 하지만 비록 가면이라고 해도 그런 모습을 계속 유지하려 노력하는 것만으로도 이들은 충분히 선하다. 그러니 주변에 이런 사람이 있다면 무리하게 바라지 말고 그저 그들의 존재에 만족하고 감사해야 한다.

그들이 보여 주는 인내와 다정함은 귀한 것이며, 그들의 성실한 배려는 존중받을 만하다. 설령 정말 그런 것이 아니라 그런 척하는 것이라고 해도 말이다.

기억의 문은

기억 속에 잠가두길

.
.
.

그는 기억 속에 머물러야 했다.
과거의 나와 함께 찬란히 빛나며
영원히 아름다운 그 모습 그대로
머물렀어야 했다.

운명은 거대한 관람차다.

절대로 불가능하다고 여길 때,

운명의 관람차가 천천히 멈추고

문이 열리면 꿈에도 생각지 못한

그 사람이 문밖에 서 있다.

그리고 그 순간, 세월의 간극이 사라진다.

1

열아홉의 나는 Z에게 푹 빠져 있었다. 십 년이 흐른 후 그와 다시 만나게 되리라고는 꿈에도 생각하지 못했다.

스물아홉의 어느 오후, 나는 스타벅스에 앉아 커피를 홀짝이며 정신을 팔고 있었다. 그러다 맞은편에 앉은 동료가 무심코 꺼낸 말에 눈이 번쩍 뜨였다.

"이번 로케이션 촬영에 Z가 출연하기로 했는데…."

그의 이름을 듣자마자 나도 모르게 토끼처럼 튀어 올랐다.

"누구? 누구라고?"
"왜 있잖아, Z라고…."
"진짜야? 나도 갈래!"

동료는 어이없다는 듯 나를 바라봤다.

"당연히 가야지. 일 안 할 거야?"

나의 바보 같은 반응에 얼굴이 벌겋게 달아올랐다. 나는 어색하
게 웃고는 엉거주춤 자리에 다시 앉았다. 그러자 눈치 빠른 동료가 빙
글빙글 웃으며 말했다.

"아하, 알겠다. Z의 팬이로구나?"
"예전에 그랬지."
"예전이 언제야?"
"열아홉 살 때. Z는 내 우상이었어, 첫 번째 우상."
"열아홉이라…. 그럼 한참 전인데 뭘 그리 호들갑이야?"

그러게, 왜 이리 호들갑일까.

십 년이라는 세월은 짧지 않다. 아무리 뜨거운 열정, 강렬한 감정도 십 년이면 싸늘하게 식고도 남는다. 하지만 그 이름을 듣는 순간, 그를 열렬히 좋아했던 그 시절의 나와 아름다운 기억이 시간을 훌쩍 뛰어넘어 순식간에 되살아났다.

처음 그를 좋아하게 됐을 때 나는 열성팬이 으레 그러하듯 그와 관련된 기사, 사진, 인터뷰 등을 탐독하느라 뜬눈으로 밤을 새웠다. 그 시절에는 그에 대해 알아가고 그를 생각하는 것이 세상에서 가장 행복한 일이었다.

한번은 그가 귀국하는 날에 맞춰 선물을 들고 공항에 나가기도 했다. 가수라면 콘서트라도 가겠지만 배우인 그를 직접 보려면 그 방법밖에 없었다. 공항에는 그를 기다리는 팬이 나 말고도 많았지만, 출국장을 나오는 그에게 선물을 건네지 못할 정도는 아니었다. 그러나 용기 내어 손을 뻗으면 닿을 곳에 그가 있다는 사실에 오히려 가슴이 뛰고 손발이 떨려서 차마 선물을 내밀지 못했다. 같이 갔던 친구는 그런 나를 한심해하며 내 손에 들린 선물을 빼앗아 마침 우리 앞을 지나던 Z에게 와락 내밀었다. Z는 깜짝 놀란 듯 잠시 멈춰 섰지만, 곧 미소를 지으며 선물을 받아주었다. 그때 아마도 그와 눈이 마주쳤을 것이다. 숨이 멎을 듯한 찰나의 시간이 지나고 눈을 깜박이자 그는 성난 파도 같은 인파 속으로 사라졌다.

그를 주제로 글도 썼더랬다. 첫사랑에 빠진 소녀가 쓸 법한 유치하고 부끄러운 글이었다. 넘치는 연정을 가득 담아 썼다가 차마 보내지 못하고 찢어 버린 팬레터만도 수십 통이었다. 그리고 그게 다였다.

사랑도 유효기간이 2년 남짓에 불과한데 연예인을 향한 어린 소녀의 동경이 가면 얼마나 가겠는가. 대학에 입학하고, 졸업하고, 취직하고, 바쁘게 내 삶을 사는 동안 Z는 마음속에서 점차 희미해져 갔고, 결국 나는 그의 존재조차 떠올리지 않게 되었다. 그 후 TV나 잡지를 통해 이따금 그의 소식을 접했고, 그가 여전히 활동 중이라는 사실만 머릿속 어딘가에 담아 두었다. 그가 출연한 작품이나 인터뷰, 사진을 굳이 찾아보는 일은 없었다. 한때 밤잠을 못 이루고 가슴앓이를 할 만큼 그를 좋아했다는 게 마치 전생의 기억처럼 느껴질 정도였다.

그렇게 완전히 잊었다고 생각한 순간, 그가 마법처럼 다시 내 인생에 등장했다. 그 후로 나는 줄곧 붕 뜬 기분이었다. 주변의 모든 것이 현실감을 잃었다. 회의가 끝난 줄도 몰랐다.

그를 만난다, 십 년 만에. 그때 그 감정이 스멀스멀 되살아나기 시작했다.

2

그를 다시 만난 곳은 바닷가였다. 촬영지에 도착한 우리는 먼저 감독과 인사를 하고 고운 모래사장을 걸어 그가 있는 쪽으로 향했다.

점점 가까워지는데도 전혀 긴장되지 않아서 속으로 희한하다고 생각했는데 불현듯 그가 고개를 들어 우리 쪽을 보는 순간, 심장이 미친 듯이 뛰면서 정신이 아득해졌다.

십 년 전, 이 순간을 얼마나 많이 상상했던가. 상상 속 그와 만나는 순간은 늘 낭만적이고 감동적이었다. 공기마저 달콤하고, 분홍빛 하트가 공중에 퐁퐁 날아다닐 것만 같았는데…!

현실은 그렇지 않았다. 나는 놀라움 속에 그를 바라봤다. 십 년 전, 공항에서 친구가 나 대신 내민 선물을 받아들며 수줍게 웃던 그 남자는 세월의 더께가 쌓여 전혀 다른 사람이 되어 있었다. TV에 비친 것처럼 마냥 성숙하고 듬직해 보이지도 않았고, 내 상상 속 모습처럼 우수에 차 있지도 않았다. 깡마른 몸과 준수한 생김새는 여전했지만 어쩐지 피곤해 보였다. 비록 인사하고 통성명하는 내내 미소를 짓고 있었으나 언뜻언뜻 낯선 사람에 대한 희미한 경계심과 거리감이 느껴졌다. 마치 우리가 어서 인사를 마치고 떠나 주기를, 그래서 계속 혼자 말없이 바다를 바라볼 수 있기를 바라는 사람처럼 보였다.

우리는 짧은 인사를 마치고 발길을 돌렸다. 돌아서는 시야 끝에 그가 조그맣게 한숨을 내쉬는 모습이 보였다. 나는 일하는 틈틈이 Z를 관찰했다. 그는 매우 진지하고 성실한 배우였다. 역시 오랫동안 연기를 해 온 베테랑다웠다. 다만 카메라 앞에 섰을 때와 그렇지 않을 때의 격차가 컸다. 감독이 '컷'을 외치면 온 얼굴 가득했던 찬란한 미소가 툭, 조명 꺼지듯 사라지고 순식간에 잔잔해졌다. 촬영장에서 그는 거의 혼자였다. 뜨거운 햇살 아래 홀로 앉아 먼 곳을 멍하니 바라보는 옆얼굴은 낯선 곳에 불시착한 여행자 같았다.

몇 번이나 눈을 비비고 봐도 그 자리에 있는 것은 화려한 연예인이 아니라 지극히 평범한 초로의 남자일 뿐이었다. 그 모습을 보고 있자니 형용하기 힘든 복잡한 감정이 들었다. 민낯의 그가 이런 모습일 줄 꿈에도 상상하지 못했다. 동료가 나를 놀리듯 물었다.

"왜, 실제로 만나니까 별로야? 득달같이 달려가서 같이 사진 좀 찍어 달라는 둥, 사인 좀 해 달라는 둥 할 줄 알았더니만 멀리서 멀거니 쳐다보기만 하고."

나는 고개를 저었다. 사실 그는 여전히 멋졌다. 직접 만나 보니 예의 바르고 겸손하며 자신의 일에 진지한 모습은 타의 귀감이 될 만큼 훌륭하기까지 했다. 하지만 어쩐지 쉽게 다가갈 수가 없었다.

십 년이라는 세월 동안 그는 무슨 일을 겪고, 얼마나 변한 것일까. 그리고 나는 또 얼마나 변했는가. 몸을 둥글게 말고 웅크린 채 상처받기를 거부하며 외롭기를 자처하는 것만큼은 그도 나도 마찬가지일지 모른다. 어쩌면 나는 그에게서 지난 십 년간 변해 온 나의 모습을 보았는지도 모른다. 아니면 우리는 근본적으로 변한 게 아니라 원래부터 그런 사람들이었는지도 모른다.

뜨겁게 내리쬐는 한여름의 태양 아래, 나는 현기증을 느꼈다.

일을 마치고 촬영장소를 떠나기 전 무심코 고개를 돌렸다가 멀지 않은 곳에서 마지막 신을 찍는 그를 보았다. 그는 아역배우를 품에 안고 비스듬한 모래턱에 서 있었다. 서쪽으로 기우는 황금빛 석양을 등에 지고, 예의 그 환한 웃음을 짓고 있었다. 나는 그 자리에 서서 그 모습을 오래도록 바라보았다.

나는 그 미소를 기억하고 싶었다. 비록 연기라 해도 그를 생각했을 때 가장 먼저 떠오르는 것이 바로 그 찬란한 미소였으면 했다. 그 편이, 서늘할 정도로 잠잠하고 무미건조한 그의 진짜 모습이 떠오르는 것보다 나았다.

그는 기억 속에 머물러야 했다. 과거의 나와 함께 찬란히 빛나며 영원히 아름다운 그 모습 그대로 머물러야 했다.

인수인계를 위해 한쪽에 마련된 임시 천막에 들어갔다가 분장을 지우는 그와 마주쳤다. 그는 우리에게 살짝 고개를 숙여 아는 체했다. 별다른 말은 하지 않았다. 우리가 인수인계 작업을 마칠 때까지 그는 묵묵히 분장만 지웠다. 나는 잠시 고민하다가 그에게 다가가 작별 인사를 했다. 그는 자신만의 세계에서 끌려 나온 사람처럼 깜짝 놀라더니 황급히 미소를 지으며 말했다.

"안녕히 가세요."

우리 모두 웃었다. 문가에 다다라 나는 또 멈춰 섰다. 그리고 고개를 돌려 거울에 비친 그를 다시 한번 보았다. 반쯤 화장을 지운 얼굴에는 수염이 듬성듬성 자라 있었고, 머리카락 또한 덥수룩했다. 분장 때문인지 그는 자기 나이보다 더 늙고 지쳐 보였다. 나의 기억 속 싱그러운 모습과 겹치는 부분은 여전히 맑게 빛나는, 어딘가 익숙한 슬픔이 어린 눈뿐이었다. 슬퍼 보이는 것 역시 내 착각에 불과할지도 모르지만.

나는 아주 작게 속삭였다.

"안녕, Z."

그는 듣지 못했을 것이다.
그가 듣지 못해도 좋았다.
부디 그의 앞날에 축복이 있기를.
열아홉의 내가 그로 인해 행복했던 것처럼
그 또한 행복할 수 있기를.
부디 그가 보게 될 풍경이,
아름다움으로 가득 차 있기를.

그곳을 떠나며 나는 도시에서 가장 거대한 관람차를 보았다. 어두워진 하늘을 배경으로 황홀하게 빛나는 그것을 한동안 홀린 듯 바라보았다.

어쩌면 그런 게 인생 아닐까.

기나긴 세월 속에

우리는 너무 많은 슬픔과 아름다움을 겪었다.

각자의 관람차를 타고, 서로 다른 풍경을 보았다.

그리고 감사하게도 운명은 우리에게

찰나의 재회를 허락했다.

나의 한 시절을 빛나게 했던 그와의 만남을 통해 나는 여태껏 나
와 스친 사람들이 내게 준 것을 깨달았다. 그리고 감사하게 되었다.

할 수 있는 한

힘껏 행복하라

. . .

네가 결혼하고 아이를 낳는다면
나는 정말 기쁠 거야.
결혼하고 아이를 낳아서가 아니라
네가 내 친구라서.
네가 기쁘면, 나도 기쁘니까.

1

결혼 10년 차 A 씨 부부는 딩크족이다. 하지만 부모와 친척들은 두 사람의 결정을 존중하지 못하고 아이를 낳으라며 아직도 성화다.

"애를 안 낳는다고? 철없는 소리! 부부 사이에 아이가 없으면 안 돼, 하나라도 낳아. 나이 들면 결국 후회한다니까."
"부모님께 손주 안겨 드리는 것보다 더 큰 효도는 없어. 끝내 불효할 셈이니?"
"지금 둘이 사이가 좋다고 그러나 본데, 늙으면 자식이 끈 역할을 하는 법이야."

그때마다 A 씨 부부는 얼굴을 붉히지도, 애써 변명하지도 않았다. 그저 허허 웃으며 넘기고는 자신들의 생활로 돌아가 여태껏 그래온 것처럼 열심히 일하고, 퇴근 후에는 사이좋게 고양이 두 마리와 강

175

아지 세 마리를 돌보았다. 평일 저녁에는 모든 것이 딱 두 사람 분량인 거실에서 남편은 책을 읽고 아내는 영화를 봤으며, 주말에는 친구들을 불러 파티를 열거나 둘이서 오붓하게 여행을 떠났다. 가끔 집이 적막하게 느껴질 때도 있지만 그 적막함이 불만족이나 부족한 느낌으로 이어지지는 않았다.

"앞으로 어떻게 될지 누가 알겠어요. 미래는 아무도 장담할 수 없죠. 하지만 적어도 지금은 우리 둘 다 이 생활에 만족한답니다."

아이를 낳지 않는 것을 무책임하다고 비난하는 사람도 있지만, 이들 부부는 대책 없이 아이를 낳는 것이야말로 훨씬 더 무책임한 행동 아니냐고 반문한다.

현대 사회에서 아이를 낳고 기르는 일은 무거운 책임과 의무가 수반된다. 그저 잘 입히고 배부르게 먹이고 실컷 놀게 하면 되는 간단명료한 일이 아니라는 뜻이다. 이제 막 부모가 된 사람들은 상상하고 각오한 것 이상의 책임과 의무, 압박감에 소스라치게 놀라곤 한다. 경제적 부담도 만만치 않지만, 한 사람을 키워낸다는 일의 무게와 심각성을 깨달을수록 정신적 부담이 더 커진다.

아이와 최대한 많은 시간을 보내고 싶고, 또 보내야 하지만 아이를 먹이고 입히려면 일을 하러 나가야 한다. 여유가 있을 리 없다. 나의 정신과 감정, 심리 상태도 문제다. 아이에게 무조건적인 사랑을 베푸는 동시에 엄격하면서도 바른 지침을 가르쳐야 하고, 세상의 풍파를 막아 주는 방패막이 되는 동시에, 혼자 설 수 있도록 적절한 훈련을 시켜야 하는데, 과연 내가 그런 중책을 완수할 만한 인물인지 수시로 회의가 든다. 게다가 이 어려운 일을 아무런 보상도 바라지 않고 아이가 성인이 될 때까지 최소 20여 년을 지속해야 한다. 어지간한 책임감과 각오 없이는 발도 들이지 말아야 하는 세계인 셈이다.

아이를 낳고 기르기로 결정했다면
방점은 '낳고'가 아닌 '기르기'에 있다.

단순히 잘 기르겠다고 결심하는 것만으로는 부족하다. 잘 기르는 것이 무엇인지를 제대로 알아야 한다. 심지어 육아에는 정답이 없다. 내 아이에게 맞는 길을 찾기 위해 끊임없이 묻고 노력해야 한다. 그러니 아이를 갖고 싶다면 먼저 자신에게 심각하게 물어보자.

'나는 정말로 부모가 될 준비가 되어 있는가?'
'만약 아이에게 선택할 수 있는 기회가 있다면 과연 지금의 나를 부모로 선택할까?'

스스로 불합격이라는 생각이 든다면, 그토록 큰 책임과 의무를 감당할 자신이 없다고 느낀다면, 혹은 나 자신을 그만큼 희생할 정도로 아이를 갖고 싶지 않다는 답이 나온다면, 그래도 역시 부끄러워할 필요 없다. 아무 고민 없이 무턱대고 낳는 것보다 훨씬 책임감 있고 현명한 결정이니까.

아이를 갖지 않겠다고 결심한 부부들은 자신이 부모에 적합한 사람인지를 오래도록 심사숙고한 뒤 이성적으로 결정을 내린 경우가 대부분이다. 그렇기에 아무도 그들의 결정을 비난할 수 없다. 이 세상 누구도 다른 이의 인생을 대신 살아 줄 수는 없기 때문이다.

자식이 인생의 1순위가 될 수 있는 만큼, 자식 아닌 다른 것이 인생의 1순위가 될 수도 있다.

2

연오는 능력 있는 변호사이지만 그녀 역시 명절마다 결혼하라는 잔소리에서 자유롭지 못하다. 아예 혼자면 모르겠는데 십 년째 연애 중인 남자친구가 있어서 그런지 해마다 더 심해지는 것 같단다. 게다가 얼마 전부터는 '적령기'라는 단어까지 동원해 가며 압박을 가한다고 했다.

"올해는 꼭 결혼해! 너 지금이 적령기야, 그것도 꽉 찬 적령기!
인생에는 때가 되면 마땅히 해야 하는 일들이 있는 법이다. 적당한 때를 놓치면 나이 들어서 후회해. 나이도 찼겠다, 남자친구도 있겠다, 대체 왜 결혼을 안 하니?"

연오는 괴로워 죽겠다며 하소연했다.

"대체 결혼 적령기 같은 건 누가 정한 거야? 아예 안 한다는 것도 아니고 남자친구랑 몇 년 더 있다 하기로 약속했다고 하는데도 때가 어쨌네, 적령기가 어쨌네 하면서 다들 난리야. 아니, 내 결혼인데 내 맘대로 하지도 못해? 나이가 찬 건 또 뭐야. 딱 그 나이에 결혼하면 누가 보너스라도 준다니?"

'인생에는 때맞춰서 해야 하는 일들이 있다'는 논리는 알고 보면 근거가 상당히 빈약하다. 그 논리대로라면 여섯 살 때는 꼭 찰흙놀이를 해야 하고, 대학에 들어가면 반드시 연애를 해야 하며, 졸업하면 곧장 취직을 하고, 서른이 되면 무슨 일이 있어도 결혼하고, 결혼하면 꼭 자식을 낳아야 한다는 식으로 갈 수밖에 없는데, 그럼 죽는 것도 때맞춰 죽어야 하나? '이제 돌아가실 때가 되었으니 눈치 없게 질질 끌지 말고 얼른 돌아가십쇼', 할 텐가?

사람은 누구나 인생의 중요한 일을 자신이 원하는 때에 결정할 권리가 있다. 단순히 '그럴 때가 됐다'거나 '다들 이때쯤 한다'는 이유에 쫓기지 말아야 한다. 다시 한번 강조하지만, 아무도 남의 인생을 대신 살아 줄 수 없다.

여기까지 읽고 '그럼 이건 출산 비장려 글인가?' 하고 고개를 갸우뚱하는 독자가 있을 듯한데, 절대 그렇지 않다. '모 아니면 도'라는 식의 접근은 어느 분야에서도 위험하지만, 인생에서는 특히 더더욱 위험하다. 인생은 그렇게 단순하지 않다.

내 주변에도 결혼해서 아이 낳고 행복하게 사는 사람이 많다. 일상의 번잡한 일들을 능숙하게 착착 처리해 가며 사랑하는 배우자, 자식들과 함께 깨 볶는 내를 폴폴 풍기며 재미나게 사는 친구도 부지기수다.

그들의 삶도 아름답고 멋지다. 본인이 원해서, 성숙한 선택을 한 결과라면 말이다.

3

B는 재미교포로 미국에 살고 있다. 아이 네 명을 낳고 기르고 있지만 결혼한 적은 한 번도 없으며, 앞으로도 할 생각이 없다고 한다. 전문직으로 안정적인 수입을 올리고 있는 그녀는 원래 아이를 좋아해서 일찍 자녀를 갖고 싶었지만 안타깝게도 여생을 함께하고 싶은 사람을 찾지 못했다. 이대로 있다가 영영 아이를 낳을 수 없을지도 모른다는 불안함에 그녀는 결국 정자은행에서 정자를 기증받았고, 네 번의 임신과 출산을 거쳐 마침내 아들 둘, 딸 둘의 엄마가 되었다. 그리고 지금은 캘리포니아의 따사로운 햇살 아래 다섯 식구가 오순도

순 행복하게 잘 살고 있다.

"아이를 키우는 일은 정말 힘들어요. 하지만 하루하루가 놀랍도록 기쁘고 행복하답니다. 어찌 보면 내가 온전히 '선택'하고 '결정'했기 때문에 더욱 만족감이 큰 것 같아요. 결혼이 필수라고 생각했다면 지금처럼 네 명의 아이들과 함께하는 삶은 아마 불가능했겠죠?"

아이를 낳을지 말지, 결혼을 할지 말지는 사실 중요하지 않다. 중요한 것은 '내가 진심으로 원하는가'다. 인생을 바꿔 놓을 수 있는 중대사일수록 진심으로 원하는지, 내가 충분히 감당할 수 있는지 신중하게 따져 보아야 한다.

그리고 반드시 자신에게 물어보아야 할 질문이 한 가지 더 있다.

"이 선택으로 내가 행복할 수 있을까?"

'결혼하면 행복해질 거야'는 바른 답이 아니다. '결혼하지 않으면 불행해질 거야'도 마찬가지다. 아이가 있으면 행복하고, 없으면 불행할 것이라는 생각은 지나치게 평면적일 뿐만 아니라 조악하고 폭력적이다.

행복의 조건은 외부에 있지 않다.

내가 어떻게 느끼느냐가 가장 중요하다.

이것이 모든 것을 스스로 선택해야 할 이유다.

어째서 일상의 사소한 일, 예를 들어 옷을 사거나 장을 보거나 주차비를 낼 때는 동전 한 닢까지 꼼꼼하게 따지고 조금이라도 유리한 쪽을 선택하려고 애쓰면서, 인생을 송두리째 바꿔 놓을 수 있는 중대사를 결정할 때는 적당히 한쪽 눈을 감고 봐도 못 본 척, 좋은 게 좋은 거라는 식으로 대충 넘어가려 할까?

"이 정도면 되지."

"누구든 살다 보면 똑같다는데, 그냥 저 사람으로 만족하자."

"이 정도로 참고 살아야지."

이런 말들을 중얼거린다는 것은 이미 운명에 철저히 굴복했다는 뜻이다. 그렇다고 고마워할 사람은 없다. 결혼하지 말라거나 애를 낳지 말라는 소리가 아니다. 스스로 함부로 대하지 말라는 소리다. 자신에게, 또 배우자와 자녀에게 책임질 수 없는 결혼과 출산을 하지 말라는 소리다. 우리에게 주어진 인생은 단 한 번뿐이다. 이 사실을 매 순간 되새기며 자신을 위해 살기로 확실히 선택한 사람은 결국 존중과 이해를 얻게 된다.

네가 결혼하고 아이를 낳는다면 나는 정말 기쁠 거야.

결혼하고 아이를 낳아서가 아니라

네가 내 친구라서. 네가 기쁘면, 나도 기쁘니까.

내가 특별히 좋아하는 말이다. 이 글을 읽는 그대 역시 나의 친구다. 결혼을 했든 안 했든, 몇 번을 했든, 아이가 있든 없든, 몇 명이나 있든, 모두 상관없다.

고단하고 짧은 인생에 부디 그대가 할 수 있는 한 힘껏 행복하기만을 바란다.

4장.

끝까지 견디다 보면

대가 없이
더 주고 싶은 사람

.
.
.

사람은 누구나 자신이 흘린 땀과
눈물의 대가를 받을 권리가 있으며,
저마다 마음에 정한 합리적인 값이 있다.
그만큼 줄 수 있으면 주고
못 주겠다면 갈라서면 그만이다.
그러나 때로는 그 이상을,
기쁜 마음으로 더 주고 싶은 사람들이 있다.

1

한동안 휴양지로 유명한 바닷가 마을에 머물며 글을 썼다. 마침 마음에 드는 카페를 발견해서 매일 그곳으로 출근하다시피 했는데 걸어가기에는 좀 먼 거리라 삼륜 택시(동남아시아의 대중교통_옮긴이)를 자주 이용했다. 요금은 최하 1,500원 정도. 주변의 멋진 풍광을 만끽하며 내가 원하는 곳까지 빠르게 갈 수 있다는 점을 고려한다면 저렴한 가격이었다.

물론 정가제가 아니라 흥정으로 정해지는 탓에 매일 만나는 기사마다 부르는 요금이 조금씩 달랐다. 누구는 1,600원, 누구는 1,700원, 독특하게 1,550원을 달라는 기사도 있었는데 내가 음료수를 사고 거슬러 받은 50원짜리를 보고 1,550원을 부른 것이다. 괜히 무겁게 동전을 많이 들고 다니지 말고 고생하는 자기한테 팁으로 달라나, 뭐라나.

나는 엄청난 바가지만 씌우지 않으면 기사가 달라는 대로 주는 편이었다. 물론 그보다 더 많이 주지도 않았다. 딱 기사가 요구한 만큼만 지불했다. 찌는 듯한 더위에 땀을 뻘뻘 흘리며 고생하는 사람 붙잡고 더 주네, 덜 주네 흥정하는 것도 그렇고, 연배가 꽤 많은 기사분도 많은데 악착같이 깎기가 좀 민망스럽기도 하기 때문이다. 또한 그래봤자 조금 더 내는 셈인데 그런다고 내 살림이 휘청이는 것도 아니었으니. 사는 일은 누구에게나 고달픈 법이다.

크리스마스인 그날에도 삼륜 택시를 탔다. 얼굴이 동글동글한 기사는 목적지를 듣자마자 시원스레 말했다.

"1,500원! 1,500원이면 충분히 갑니다."

나는 별말 없이 택시에 올랐다. 그리고 카페에 도착해서 내릴 때 2천 원을 내밀며 말했다.

"감사합니다. 거스름돈은 안 주셔도 돼요. 메리 크리스마스!"

그의 눈에 놀라움과 기쁨이 섞인 미소가 떠올랐다.

"고맙습니다, 고맙습니다!"

사람은 누구나 자신이 흘린 땀과 눈물의 대가를 받을 권리가 있으며, 저마다 마음에 정한 합리적인 값이 있다. 그만큼 줄 수 있으면 주고 못 주겠다면 갈라서면 그만이다.

때로는 그보다 더 주고 싶은 사람들이 있다.
그것도 기쁜 마음으로.
왜 그런 것일까?
그들을 인정해서?
응원하는 차원에서?
아니, 진심을 받았기 때문이다.
상대가 보여 준 진심에 진심으로
응답하고 싶은 것뿐이다.

2

단골 꽃집의 청년에게 들은 이야기도 비슷한 맥락이었다. 그가 일을 막 시작했을 때는 업계 사정을 잘 몰라서 매일같이 화훼시장에 갔다고 한다. 도매상에서 물건을 살피며 사장들과 이야기를 나누다 보면 여러 가지를 배울 수 있었기 때문이다. 그런데 그중에 특이한 여사장이 있었다. 물건 파는 데는 도통 관심이 없는 사람처럼 보였기 때문이다. 어느 날은 청년이 알로카시아를 들여다보고 있자 후다닥 달려와 속사포처럼 질문을 쏟아 냈다.

"개 키워요? 고양이는요? 집 안에 제멋대로 돌아다니게 두는 반려동물 있어요? 만약 그렇다면 알로카시아는 들이지 않는 게 좋아요. 잎에 독성이 있어서 동물이 뜯어먹기라도 하면 큰일 나거든요. 눈에 들어가면 실명까지 될 수도 있다고요."

이번에는 난초를 보여 달라고 했다. 그러자 쌍수를 들고 말렸다.

"안 돼요, 안 돼. 요즘 난초 값에 거품이 얼마나 많이 꼈는데! 급한 거 아니면 좀 기다려 봐요. 6개월만 지나면 값이 반으로 뚝 떨어질 테니까."

무안해진 그가 말리화는 어떠냐고 물었다. 그러자 지금 몇 그루 있는 게 전부 덜 자라서 꽃이 예쁘게 필 것 같지 않다며 좀 더 키운 다음에 팔겠다는 대답이 돌아왔다. 치자나무를 볼라치면 집에 붙어 있느냐고, 치자는 예민하고 기르기 까다로우니 혹시 집을 자주 비우는 편이면 키울 생각도 하지 말라며 손사래를 쳤다.

이러기를 몇 차례, 청년은 웃어야 할지 울어야 할지 알 수가 없었다. 다른 사람들은 자기네 물건이 좋다고 자랑하고 홍보하기 바쁜데 이 여사장은 정반대로 자기 물건의 단점부터 까발리고 있지 않은가. 청년에게만 그러는 것이 아니었다. 찾아오는 손님마다 전부 그렇게 했다. 그러다 손님이 꽃 한 송이 사지 않고 나가 버려도 전혀 개의치 않았다.

"그런데 말이죠. 요 몇 년 동안 그 여사장님 가게를 제일 많이 갔어요. 사실 거의 그곳에서만 물건을 들여온답니다. 그 사장님이 특별히 할인해 주는 것도 아니고, 그렇다고 다른 가게 사장님들이 불친절하거나 바가지를 씌우거나 물건을 속여 파는 것도 아닌데 그래요. 차이가 있다면 딱 하나, 다른 가게 사장님들은 자기 물건의 단점을 말하지 않는다는 점뿐이죠."

그는 씩 웃었다.

"그런데도 어쩐지 그 여사장님 물건을 더 많이 팔아 주고 싶다는 생각이 들어요. 어차피 누군가의 물건을 사야 한다면 착한 사람이 돈을 벌었으면 좋겠다는 마음이랄까? 물론 이런 생각을 사장님한테 말한 적은 없어요. 사장님도 왜 자기한테만 물건을 사느냐고 물은 적도 없고요. 물어본다고 해도 뭐라고 해야 할지 사실 모르겠어요. 착하게 살면 복 받는다? 이게 그나마 떠오르는 답이에요."

3

한 부부가 태국 방콕으로 놀러 갔다. 해외여행이 처음이었지만 부부는 용감하게 패키지여행이 아닌 자유여행을 선택했다. 둘 다 이것저것 알아보기 귀찮아하는 성격이라 가볼 만한 곳이나 맛집 따위를 미리 찾아보지도 않았다. 믿을 것이라고는 두둑한 주머니와 어설픈 영어 실력뿐이었지만 두 사람은 망설임 없이 태국행 비행기에 올랐고, 무사히 방콕에 도착했다.

다행히 부부의 여행은 순조롭게 흘러갔다. 미리 알아보거나 준비한 게 없어서 오히려 모든 것이 신선하며 새로웠다. 신이 난 부부는 그날의 마지막 일정으로 툭툭이라 불리는 태국 특유의 삼륜차를 빌려서 라차프라송의 에라완 사원에 가기로 결정하고 기사와 흥정에 나섰다.

라차프라송까지는 꽤 먼 거리였기 때문에 기사에게는 매우 큰 건수였다. 하지만 까맣고 깡마른 젊은 기사는 목적지를 듣자마자 머뭇거리며 그쪽으로는 안 가는 게 좋겠다고 말했다. 얼마 전 라차프라송에서 폭발 사고가 터져서 십여 명이 죽고 일대가 혼란에 빠졌었다는 것이다. 그 근처에 묵던 관광객들이 전부 짐을 싸서 돌아갔다는 말도 덧붙였다. 자신도 그때 근처에 있었는데, 다행히 다치지는 않았지만 폭발 충격으로 툭툭이가 넘어가면서 옆면이 잔뜩 긁혔다며 그때 생긴 자국을 보여 주기도 했다.

"지금은 위험하지 않다지만 그래도 그런 일이 있었다고 말씀드려야 할 것 같았어요. 선택은 손님 몫이지만요."

부부는 당황해서 서로를 바라보다가 얼른 휴대전화로 검색해

보았다. 과연 기사 말대로였다. 부부는 오늘은 이만 돌아가 쉬기로 하고 기사에게 고맙다며 호텔로 데려다 달라고 했다. 호텔까지는 금방이었다. 기사는 안녕히 가시라며 예의 바르게 인사했고, 부부 역시 환하게 웃는 얼굴로 작별을 고했다.

여행을 마치고 돌아온 후 부부는 친구들이 여행 소감을 물을 때마다 빠지지 않고 그 젊은 기사 이야기를 하면서 안도의 한숨을 쉬었다.

"사실 거기서 무슨 일이 벌어졌었는지 우리는 모르잖아. 어찌 보면 그 기사가 너무 착한 거지. 아무 말 없이 그냥 거기까지 태워다 줬으면 큰돈을 벌 수 있었을 텐데. 우리한테 꼭 그 이야기를 할 의무가 있는 것도 아니고, 말해 주지 않았다고 우리가 원망할 것도 아니잖아."
"그렇지. 그런데 그 기사 정말 바보 같네. 가만히만 있었으면 벌 수 있는 돈을 내치다니."

그러자 남편이 빙그레 웃으며 말했다.

"하지만 차에서 내리기 직전에 와이프가 새로 산 손수건에 돈을 싸서 기사 자리 옆에 놓던걸."

친구가 궁금하다는 듯 물었다.

"돈을? 얼마나?"

부인은 웃기만 할 뿐 아무 말도 하지 않았다. 액수가 적지 않았다는 것만큼은 확실했다.

사람은 누구나 자신이 원하는 바를 합리적으로 얻을 권리가 있다. 하지만 좋은 사람은 그보다 더 많이 받아도 된다. 그리고 그들은 받을 만하다.

그들이 없어도 세상은 아무렇지 않게 돌아갈 것이다.

늘 그렇듯 해와 달이 뜨고 지고,

아무것도 변하지 않을 것이다.

그러나 그들이 있기에

세상은 비로소 좀 더 살 만한 곳이 된다.

이해와 포용을 조금 더 바라도 좋은 곳이 된다.

내가 행복해질 수 있는

유일한 길

.
.
.

그대가 원하는 방식대로
사랑의 술잔을 채워라.
조금은 험한 꼴이 될지라도
두려워 말고 술잔을 높이 들어라.

1

원준은 모두가 인정하는 '나쁜 남자'다. 견실한 사업가이자 호탕하고 성격 좋은 그가 나쁜 남자 취급을 받는 이유는 오로지 화려한 여성 편력 때문이다. 그는 여성을 쉽게 만나고 쉽게 헤어졌다. 적어도 남들이 보기에는 그랬다. 만나는 기간도 길어야 몇 달, 심지어 일주일 만에 헤어진 적도 있었다. 게다가 모임 때마다 여자친구를 동행했는데 하도 자주 바뀌다 보니 나중에는 친구들도 그의 여자친구에게 질문은커녕 말도 잘 붙이지 않았다. 어차피 다음에는 또 다른 여자가 나올 텐데 지금 이 사람에 대해 알아봤자 무슨 소용이 있겠는가.

원준을 대하는 지인들의 태도는 남녀가 크게 달랐다. 여자들은 몰래 눈살을 찌푸리며 또 애인이 바뀌었다는 둥, 바람둥이라는 둥 뒷말을 했지만 남자들은 그를 '난놈'이라 부르며 대놓고 부러워했다. 심지어 어떤 녀석은 원준에게 여자 사귀는 '비결'을 알려 달라고 조르다가 동석한 여성 지인들에게 엄청난 비난과 야유를 받기도 했다.

어느 날이었다. 그날도 원준은 새로 사귄 여자친구를 데리고 모임에 나왔다. 술이 세 순배쯤 돌고 다들 얼큰하게 취기가 올랐을 때, 남들보다 몇 잔 더 마신 친구가 대뜸 원준의 어깨를 두드리며 모두를 향해 말했다.

"우리, 원준이가 이번에는 얼마나 오래 갈지 내기할까?"

그 말이 떨어지기가 무섭게 여자친구의 얼굴이 딱딱하게 굳어졌다. 원준도 난처한 듯 웃으며 진지하게 만나는 중이니 헛소리하지 말라며 일축했다. 하지만 이미 앞뒤 구분도 못할 만큼 취한 친구는 그 말에 코웃음을 쳤다.

"진지하게 만난다고? 누가, 네가? 야, 네가 천하의 바람둥이인 건 하늘이 알고 땅이 알아. 마음만 먹으면 당장 내일이라도 갈아치울 놈이 진지한 사이는 무슨, 보니까 이번에도 3개월 넘기기 힘들 것 같은데?"

결국 참지 못한 여자친구가 자리를 박차고 나가 버렸다. 원준 역시 그 친구를 무섭게 노려보고는 여자친구의 뒤를 따라 나갔다. 다들 어쩔 줄 모르고 당황해서 왜 쓸데없는 소리를 했느냐며 그 친구를 타박했다. 그는 잠시 울컥했지만, 곧 자기 잘못을 깨달았는지 의기소침해져서 입을 다물었다. 술기운이 가신 자리에 무거운 침묵이 가라앉았다.

　잠시 후 원준은 혼자 돌아왔다. 엄청나게 화를 낼 것이라는 모두의 예상과 달리 그는 아무 말 없이 자리에 앉았다. 그리고 술 한 잔을 천천히 다 마신 후, 차분한 목소리로 말했다.

　"너희들 정말 나를 나쁜 놈이라고 생각해? 바람둥이에, 쓰레기 같은 놈이라고?"

　다들 손사래를 치며 부인했다. 그리고 말실수한 친구를 가리키며 이 녀석이 네가 부러워서 농담을 한다는 게 좀 지나쳤다고 해명했다. 원준은 쓴웃음을 짓더니 고개를 절레절레 저었다.

　"됐다, 너희들이 어떻게 생각하는지 나도 잘 알아. 그렇게 생각한대도 어쩔 수 없지. 하지만 나도 할 말은 있어. 세상에는 직접 겪어 보지 않으면 알 수 없는 일이 너무 많아. 연애는 더더욱 그렇지. 실제로 만나 보지 않고 어떻게 나와 맞는 사람인지 아닌지를 알 수 있어? 헤어지는 것도 그래. 서로 안 맞아서 문제가 자꾸 생기는데 꾹 참고 계속 만나야 하나? 누구는 일단 만나기 시작했으면 책임감을 가져야 하지 않느냐고 하는데 결혼한 것도 아니고 무슨 책임감? 나와 맞지 않는 사람과 십 년 후까지 꾸역꾸역 관계를 유지하는 게 더 무책임한 것 같은데? 솔직히 난 어차피 언젠가 끊어질 관계라면 하루라도 빨리 헤어지는 게 나에게도, 상대에게도 양심적인 행동이라고 생각해. 그렇지 않아?"

다들 아무 말도 하지 않았다. 원준은 잠시 술잔을 만지작거리다 다시 입을 열었다.

"내가 연애를 많이 한 건 맞아. 하지만 바람을 피우거나 양다리를 걸친 적은 단 한 번도 없어. 싫다는 사람 억지로 꼬드긴 적도 없고. 기간이 짧든 길든, 만나는 동안에는 상대에게 충실히 최선을 다했어."

그러자 말실수를 했던 친구가 얼른 나서서 맞장구쳤다.

"맞아, 너만큼 여자친구한테 잘하는 사람도 없지."

원준은 피식 웃었다.

"왜냐하면 진심으로 좋아하니까. 좋아하는 만큼 잘해 주고 싶은 게 당연하잖아. 그래서 만나는 동안에는 한눈팔지 않고 오로지 그녀에게 집중해. 어떻게 하면 함께 행복해질 수 있을까 늘 고민하고, 사랑을 지키고, 키워나가려고 최선을 다하지."

그는 잠시 말을 멈추고 무언가 생각했다.

"하지만 더 이상 그녀를 사랑하지 않게 되었다면? 그래도 사랑했을 때와 마찬가지로 행동해야 할까? 사랑하지 않는데 사랑하는 척하면서? 그게 상대에 대한 더 큰 기만 아닌가?"

지인 하나가 그에게 동조했다.

"그래, 따져 보면 네가 잘못한 건 없지. 사실 남들이 아무리 이러쿵저러쿵해도 결국 네가 한 사람에게 정착하기만 한다면 다 없어질 말들이야. 그러니까 이제 맘 잡고 정착하는 게 어때?"

원준은 고개를 저었다.

"단순히 내가 '쓰레기'가 아니라는 걸 증명하기 위해서 아무에게나 정착할 생각은 없어. 평생을 함께할 사람이라면 더더욱 나와 잘 맞는지 신중하게 따져 봐야 하지 않아? 일에도 수습 기간이라는 게 있는데, 일보다 중요한 사랑에는 왜 수습 기간을 두면 안 된다는 거야?"

이번에는 나이 있는 선배가 그를 타이르듯 말했다.

"살아보면 다 똑같아. 너무 따지지 말고 적당한 사람 만나서 서로 맞춰 가며 살면 돼."

원준은 선배에게 걱정해 줘서 고맙다면서도 결국 고개를 저었다.

"난 적당히 맞춰 가며 살고 싶지도, 아쉬운 대로 참으며 살고 싶지도 않아. 진짜 사랑을 찾고 싶어. 물론 진짜 사랑을 찾기란 쉽지 않지. 너희가 볼 때는 내가 쉽게 연애를 시작하는 것 같겠지만, 안 그래. 항상 두려운 마음으로, 그렇지만 희망을 갖고 용기 내서 뛰어든다고. 다만 안타깝게도 지금까지는 나와 딱 맞는 사람을 만나지 못했을 뿐이야. 그렇다고 그게 내가 바람둥이라는 증거가 될 수는 없어. 내가 지독하게 운이 없다는 증거라면 몰라도!"

그는 술잔에 남은 술을 단숨에 들이켰다.

"헤어지면 나 역시 힘들고 밤잠을 못 이룰 만큼 괴로워. 상대의 감정을 가지고 논 적도 없고, 바람을 피우거나 양다리를 걸친 적도, 헤어진 연인을 욕한 적도 없어. 서로 좋아해서 만났고, 사랑이 식어서 헤어졌어. 나는 내 감정에 솔직할 뿐이야. 그게 남에게 비난받을 일인가?"

자리에서 일어나 나가기 전, 원준은 마지막으로 한마디 했다.

"나와 맞는 사람을 찾을 때까지 나는 계속 연애하고 사랑할 거야. 진심으로, 최선을 다해서. 그것이야말로 사랑을 진정으로 존

끝까지
견디다 보면

202

중하는 방식이라고 믿어."

2

그가 떠난 뒤 우리는 술잔을 기울이며 각자 생각에 잠겼다.
사랑에 정해진 규칙이 어디 있겠는가. 평생 일부종사할 한 사람을 찾기 위해 삼천 번의 연애를 한다 한들 이를 비난할 수는 없다. 적어도 사랑할 때만큼은 누구보다도 진실하고, 진지하고, 충실하다면 말이다. 그러다 사랑이 식어 버리면, 감당하지도 못할 책임감으로 서로를 붙들고 괴로운 시간을 보내기보다는 확실하게 밝히고 깔끔하게 헤어지는 편이 자신을 위해서도 상대를 위해서도 낫다.

기만하지 않고, 속이지 않으며, 가볍게 여기지 않는다.
비겁하게 공격하지 않고, 원망하지 않으며,
배반하거나 회피하지 않는다.
누구의 감정도 소홀히 하지 않고,
누구의 시간도 낭비하지 않는다.
인연이라면 함께하고, 인연이 아니라면 돌아선다.
이것이야말로 사랑의 규칙 아닐까.

우리가 찾는 것은 무덤이 아니라 보금자리다. 그것을 찾는 과정은 고되고 번잡하고 힘들 수 있으나 그래도 반드시 거쳐야 하는 길이다.

그대가 원하는 방식대로 사랑의 술잔을 채워라.

조금은 험한 꼴이 될지라도 두려워 말고 술잔을 높이 들어라.

우리에게 주어진 삶은 단 한 번뿐, 견디고 참아가며 자신을 억지로 구겨 넣어 맞추기보다는 할 수 있는 한 최선을 다해 내가 행복해질 수 있는 길을 찾아야 한다.

세상의 기준, 타인의 시선은 중요하지 않다.

그대가 마땅히 귀 기울여야 할 것은 오직 그대의 마음뿐이다.

가끔은

관심을

꺼줘도 좋아

.
.
.

다른 사람의 하늘이 무너질 때
네가 받쳐 줄 수 없다면,
그저 눈 감고 못 본 척하는 게
도와주는 것이다.

1

어릴 때 자전거를 타고 가다가 길 건너편에 아주 예쁜 웨딩카가 지나가는 것을 보고 나도 모르게 멈춰 섰다. 그런데 구경에 정신이 팔린 나머지 앞쪽에서 빠르게 다가오던 차를 보지 못했고, 하마터면 차와 부딪칠 뻔했다. 다행히 부딪치지 않고 스치는 데서 그쳤지만 놀라서 자전거와 함께 넘어지고 말았다.

하지만 더 놀랄 일은 그다음에 벌어졌다. 차가 저만치 앞에서 급정거하더니, 운전석에 내린 여자가 차 옆면을 훑어보고는 외려 내게 고래고래 소리를 지르기 시작한 것이다. 대충 내 자전거에 긁혀서 차에 스크래치가 났다는 내용 같았다. 지금 생각하면 적반하장에 말도 안 되는 소리였지만 당시 여덟 살이었던 나는 어른이 소리를 지른다는 사실 자체에 겁을 먹고 그 자리에 굳어 버렸다. 여자는 기세등등하게 달려와 내 어깨를 움켜잡고 계속 윽박질렀다.

"눈을 어디다 두고 다니는 거야? 차가 오면 비켜야지, 왜 길을 막고 서 있어? 너, 자해공갈단이니? 집이 어디야? 내 차 긁힌 거 어쩔 거야! 네 부모한테 배상하라고 해야지, 안 되겠다. 너네 집이 어디냐고!"

여자가 튀긴 침이 사방으로 날렸다. 시끄러운 소리를 듣고 하나둘씩 사람들이 몰려들었다. 나는 겁먹은 눈으로 주변을 돌아봤다. 뭐가 어떻게 된 것인지, 대체 어찌해야 하는지 알 수 없었다. 그런데 뭔가 좀 이상했다. 다들 서너 걸음쯤 떨어져 손가락질하며 쑥덕일 뿐 무슨 일인지 묻지도, 나를 도와주지도 않았다. 심지어 킥킥 웃는 소리에 이런 말까지 들렸다.

"뉘 집 애인지 사고 쳤나 보네."
"아휴, 내 딸 같았어도 가만히 안 뒀어."
"부모가 잘못 가르친 게지, 어린 게 얼마나 큰 잘못을 했기에 저렇게 드잡이를 당해?"

그날 그 자리에 있던 것은 구경꾼, 잔인한 구경꾼들뿐이었다. 눈시울이 뜨거워졌다. 무서웠지만 그 이상으로 화가 났다. 본능적으로 약해 보이면 안 된다는 것을 알았지만 어쩌랴, 나는 겨우 여덟 살이었다. 망할 눈물이 주르륵 흘러내렸다.
구경꾼은 점점 더 늘어났다. 그 좁은 골목길에 그토록 많은 사람이 몰릴 수 있다는 게 놀라웠다. 그들은 여자와 나를 두세 겹으로 에워쌌다. 바깥쪽에 있는 사람은 기를 쓰고 고개를 뻗어 안쪽을 들여다보려 했고, 안쪽에 있는 사람은 자리를 내주지 않으려 뻗댔다. 아예 작정하고 구경하겠다는 듯 가방에서 사과를 꺼내 아작이는 사람도 있었다.

사람이 너무 많아서일까. 공기마저 희박해지는 기분이었다. 그들은 나와 여자를 흥미롭게 쳐다보며 웃거나 자기들끼리 수군댔다. 애가 도망가지 못하게 더 꽉 잡으라고 훈수를 두는 이도, 여자의 차를 살피며 이 정도면 견적이 얼마쯤 나오겠다며 분석을 하는 이도 있었다.

귓가를 때리는 웅성거림 속에서 나는 눈물만 뚝뚝 흘렸다. 목덜미가 벌겋게 달아오르고, 손끝은 차갑게 식었다. 무섭고, 화나고, 절망적이었다. 엄청난 무력감이 온몸을 휘감았다.

사실 여자가 아무리 억지소리를 퍼부어도 우리 둘뿐이었다면 어떻게든 대처할 수 있었을 것이다. 당황하고 놀라긴 했지만 내가 억울한 누명을 뒤집어쓰고 가만히 있을 만큼 순진한 아이도 아니었고 집도 지척에 있었기 때문이다. 어린 마음에도 내 잘못은 아닌 게 확실하니, 여자가 뭐라건 당당하게 부모님을 불러오겠다며 집으로 뛰어가면 그만이었다. 하지만 채 정신을 차리기도 전에 구경꾼이 몰려들어 나를 동물원 원숭이인 양 쳐다보는 순간, 손가락질하고 비웃고 비난하고 이러쿵저러쿵해 대는 순간, 나는 아무것도 할 수 없게 되어 버렸다. 그들이 거리낌 없이 쏘아대는 잔인한 시선은 아직 자존감이 다 자라지 않은 아이가 견뎌내기에 지나치게 날카로웠다.

더 이상 버티지 못하고 무너지기 직전인 바로 그때, 따뜻하고 건조한 손이 내 팔을 붙들었다. 놀라서 고개를 드니 낯익은 얼굴이 나를 내려다보고 있었다. 이웃집 할머니였다. 이웃이라지만 평소 별다른 친분은 없었다. 집 앞 골목에서 마주치면 꾸벅 인사를 하는 정도였다. 말 한 번 나눈 적도 없었다. 하지만 그 순간, 할머니는 나를 힘껏 끌어당겨 자기 등 뒤로 숨기고 사람들의 시선을 막아 냈다. 그리고 내처 큰 소리로 모두를 나무랐다.

"다들 뭐 하는 거여? 뭔 구경났어? 다 큰 어른들이 애 하나를 겁줘서 새파랗게 만들고, 부끄럽지도 않어?"

누군가 짜증 난다는 듯 소리쳤다.

"아, 할머니 손녀라도 돼요? 남의 일에 왜 껴들어?"

할머니는 지지 않고 사납게 되받아쳤다.

"그럼 이게 니들 일이여? 니들도 남이잖여! 왜 몰려들어서 난리여?"

그 사람은 찍소리도 못하고 슬쩍 자리를 피했다. 그러자 이번에는 어떤 사람이 변명처럼 중얼거렸다.

"우린 애를 도와주려고…."

"도와주긴 뭘 도와줘! 내가 다 봤구먼!"

할머니는 단호하게 말허리를 잘랐다.

"어여 가, 가라고! 을매나 할 짓이 없으면 떼거리로 몰려서 애를 잡아! 한가하면 집에 가서 발 씻고 잠이나 자!"

구경꾼들이 하나둘 흩어져 사라질 때까지 나는 할머니 뒤에 붙어 눈을 꼭 감고 있었다. 잠시 후, 할머니가 내 머리를 쓰다듬으며 부드럽게 말했다.

"아가, 놀랬지? 괜찮다, 괜찮아."

눈을 떠보니 거리에는 나와 할머니, 그리고 그 여자만 남아 있었다. 여자는 여전히 불만이 가득해 보였지만 아까처럼 막무가내로 소리 지르지는 못했다.

"아이 할머니 되세요? 얘 때문에 제 차가요…."

"나는 아무도 아니요."

할머니가 여자의 말을 가로막았다.

211

"그저 애가 딱해서 나섰을 뿐이지. 어른들이 부끄럽지도 않은가, 다들 뭐 하는 짓이여."

"그럼 제 차 보상 문제는 누구랑 얘기해요? 이 애 부모 아세요?"

할머니는 어이없다는 듯 '흥!' 하고 콧바람을 내쉬더니 여자의 차를 가리켰다.

"내가 늙은이라고 우습게 아는가. 저 차 긁힌 게 애가 그랬는지 원래 그랬는지 어찌 알아? …가만 있어봐, 이상하네. 여짝은 일 방통행 아니여? 근디 차가 어째 거꾸로 들어왔구먼. 여봐요, 아 줌마. 경찰 불러요? 잘잘못 한번 지대로 따져 볼까?"

이번에는 여자가 당황할 차례였다. 당시 나는 일방통행이 뭔지 잘 몰랐다. 그저 할머니의 엄중한 표정과 어버버 말을 잇지 못하는 여 자를 번갈아 볼 뿐이었다. 여자는 잠시 숨을 몰아쉬더니 어쩔 수 없다 는 듯 내게 눈을 한 번 부라리고 후다닥 차를 타고 도망치듯 가 버렸다.

당장이라도 큰일 날 것 같았던 상황이 순식간에 끝나 버려서 얼 떨떨하게 서 있는데, 할머니는 여자에게 드잡이를 당하느라 흐트러 진 내 옷깃을 매만져주며 다정하게 말했다.

"이제 됐다. 이제 괜찮여."

나는 목이 멨지만 간신히 한마디 했다.

"…감사합니다, 할머니."

할머니는 주름진 얼굴 가득 미소를 지었다.

"아가, 이런 일은 아무것도 아녀. 담에 또 이런 일 생겨도 절대 겁 먹지 말거라, 응?"

나는 크게 고개를 끄덕였다. 할머니는 자전거를 일으켜서 내 손에 손잡이를 쥐여주며, 담담한 말투로 이야기했다.

"다른 사람이 어려움에 처한 걸 봤을 때 도와줄 수 있다면 도와주고, 도와주지 못할 것 같으면 그 자리를 떠야 하는 거다. 남의 힘든 꼴을 구경거리 삼거나 더 번거롭게 만드는 건 사람이 할 짓이 아니여. 옛날에도 보면 때리는 놈보다 옆에서 구경하는 놈들이 더 밉더라."

할머니는 내 등을 토닥이며 한마디 덧붙였다.

"다른 사람 하늘이 무너질 때 네가 받쳐줄 수 없으면, 그저 눈 감고 못 본 척하는 게 도와주는 거여."

나이를 먹으며 이런 일을 보거나 겪지 않는다면 좋겠지만 슬프게도 더 많이 보고, 겪는다. 그럴 때마다 할머니의 가르침이 생각난다. 한편으로는 이런 의문이 고개를 든다.

사람은 왜 타인의 불행에
필요 이상의 호기심과 관심을 보일까?
저열한 관음증 때문일까,
아니면 그만큼 인생이 무료하기 때문일까?

2

먼 친척 오빠 내외에게 안 좋은 일이 생겼다는 소식을 들었다. 얼마 전 첫아이를 낳았는데, 아이가 자꾸 토하고 대변을 보지 못해서 정밀검사를 받은 결과 항문폐쇄증 진단을 받았다는 것이다. 자주 만나지는 못했지만 오빠도, 올케도 선하고 좋은 사람들이라 마음이 아팠다.

그런데 그 소식을 들은 친척들의 행동이 눈에 거슬렸다. 알고 보니 본가가 있는 시골에서는 '항문이 없는 아기를 낳은 것'을 부덕不德의 소치로 여긴다고 했다. 다시 말해 부모가 뭔가 잘못해서 그 벌로 아픈 아기가 태어났다는 것인데, 이게 대체 말이 되는 소리인가. 하지만 몇몇 물색없는 친척은 걱정을 빙자한 호기심을 숨김없이 드러내며 가엾은 오빠 부부에게 이것저것 물어댔고, 자기들끼리 모이면 어김없이 아픈 아기를 화제에 올렸다. 심지어 이러쿵저러쿵 입방아를 찧으려고 일부러 우리 집까지 찾아온 친척 아주머니도 있었다. 나는 그 소리가 듣기 싫어서 곧장 일어나 내 방으로 들어가 버렸고, 아주머니가 돌아갈 때까지 나오지 않았다.

나중에 엄마가 아주머니에게 실례했다며 나무랐지만 나는 지지 않고 남의 뒷말을 쑥덕이는 게 제일 큰 실례라고 대꾸했다.

"다들 걱정돼서 그러는 거잖니. 어떻게 하면 도울 수 있을까, 다들 궁리하느라 그러는 거야."

엄마가 친척들을 두둔했지만 나는 조금도 동의할 수 없었다.

"지금처럼 힘들 땐 입 다물고 가만히 있어 주는 게 도와주는 거예요. 괜히 이것저것 묻고 들쑤시면서 더 심란하게 만들지 말고, 본인들이 문제해결에 집중할 수 있게 내버려 두는 게 훨씬 낫다고요."

그렇다. 어떤 부모도 다른 사람이 자신의 가엾은 아기에 대해 이러쿵저러쿵하기를 원치 않는다. 그런 소리를 듣느니 차라리 아무 도움도 받지 않고 혼자 힘으로 문제를 해결하는 편을 택할 것이다. 그러니 이런 경우 주변인이라면 당사자가 먼저 도움을 청하기 전까지는 가만히 있어야 한다. 물론 도와달라면 최선을 다해 도와야겠지만 상대가 원치도 않는 도움을 주겠다고 먼저 나서는 것은 오지랖을 넘어 폭력이다.

　나중에 아기가 인공항문 수술을 잘 받고 순조롭게 회복 중이라는 소식을 들었다. 그제야 오빠에게 전화를 걸어 허락을 받은 후 온 가족이 오빠네 집을 방문했다. 가서도 수술에 대해서는 일절 묻지 않고, 그저 아기가 건강하길 바란다는 축복의 말과 선물만 전해 주었다. 오빠 내외는 내내 편안한 얼굴로 웃었다.

3

　어떤 사람이 재미있는 실험을 했다. 인파로 북적이는 길 한가운데 서서 하늘을 올려다본 것이다.
처음에는 대부분 흘낏 보고 지나갔지만, 시간이 흐를수록 궁금증을 참지 못하고 그를 따라 하늘을 올려다보는 사람들이 생겼다. 그리고 갈수록 더 많은 사람이 그를 따라 했다. 남들이 무엇을 보고 있는지 알지도 못하면서, 다들 하늘을 올려다보았다.

　왜일까? 아마도 호기심 때문이 아닐까. 고양이는 호기심 때문에 죽는다지만 알고 보면 사람도 별반 다른 것 같지 않다. 무슨 일인지 어떤 상황인지 알지도 못하면서 단지 궁금증에, 호기심에, 흥미에 이끌려 구경꾼을 자처하는 이가 얼마나 많은가. 안타깝게도 그들 중 많은 수는 방관자로 전락한다.

시간과 에너지를 낭비하고 인간으로서 존엄성까지 해치며 결국에는 아무것도 더 나아지게 만들지 못하는 '희번덕거리는 눈'들에 머물고 마는 것이다. 하지만 가끔은 그날의 할머니같이 든든한 등을 보여 주는 사람들이 있다. 따스하고 굳건하며 믿음직한, 인간적인 등 말이다. 나는 아직도 할머니의 말씀을 종종 떠올린다.

도와줄 수 있으면 돕고,
도와줄 수 없으면 그 자리를 떠나라.
남의 힘든 모습을 구경거리로 삼거나
더 번거롭게 만들지 마라.
다른 사람의 하늘이 무너질 때 받쳐 줄 수 없다면,
그저 눈 감고 못 본 척하는 게 도와주는 것이다.

생과 사는 하늘의 뜻에 달렸고, 나의 능력에는 한계가 있다.

도울 수도, 구해 줄 수도 없을 때 상대를 존중하는 최소한의 방법은 눈을 감고 상대의 비참함을 보지 못한 척하는 것이다.

그러니 때로는 관심을 끄도록 하자. 나를 위해, 그리고 상대를 위해.

217

세상이 너를

몰래

사랑하고 있어

.
.
.

운명이 주는 선물은
조금 늦기도 하고, 느리기도 하고,
평탄하지 않을 때도 있으며,
전혀 선물처럼 보이지 않을 수도 있다.
그러나 끝까지 견딘 사람에게는
반드시 값진 선물을 준다.

사는 게 힘들다고 주저앉지 마라.
세상은 그대가 상상하는 이상으로 크고,
그대가 알지 못하는 일이 훨씬 많다.

1

매일 새벽같이 출근하느라 아침 식사를 거르는 일이 잦은 서연은 종종 길가 노점에서 토스트를 사서 지하철을 타고 가며 먹는다. 그런데 평소처럼 지하철 제일 구석 자리에 앉아 토스트 포장을 벗겨 한 입 베어 물었는데, 그날따라 소스가 사방으로 삐져나와 그녀의 하얀 셔츠 위에 떨어졌다. 서연은 속으로 짜증을 내며 노점상 아주머니를 원망했다. '아이씨, 아줌마는 왜 이렇게 소스를 잔뜩 뿌린 거야? 케첩은 잘 지워지지도 않는데 어떡해!'

서연은 몰랐다. 매일 아침 커다란 가방을 둘러메고 퀭한 얼굴로 나타나는 그녀를 아주머니가 얼마나 안쓰러워하는지를. 딸 같은 아가씨가 돈 아낀다고 항상 제일 싼 토스트만 사 가는 것을 얼마나 안타깝게 여기는지를. 그래서 몰래 계란프라이 한 장, 햄 한 장을 더 넣어 준다는 것을 서연이 알 리 없었다. 그저 자신이 시킨 것에 비해 조금 더 두툼하고, 그 탓에 소스가 잘 삐져나오는 토스트를 투덜거리며 먹을 뿐이었다.

2

오전 회의 전, 데스크 업무를 맡은 여직원이 커피를 돌리는데 어째서인지 제일 가까운 자리의 윤준을 건너뛰고 다른 사람들에게 먼저 가져다준 뒤 제일 마지막에 윤준에게 커피를 주었다.

윤준은 괜히 기분이 상했다. 안 그래도 최근 자신이 진행한 프로젝트가 좋은 성과를 내지 못해서 못내 마음에 걸렸는데, 데스크 여직원마저 자신을 무시하는 것 같았기 때문이다.

사실 여직원이 커피를 늦게 준 까닭은 저번 회의 날 그가 커피가 너무 뜨겁다고 불평했던 일을 기억하고 있었기 때문이다. 그래서 조금이라도 덜 뜨거운 커피를 주려고 일부러 그를 제일 나중으로 미룬 것이다. 나름 그를 배려한 행동이었지만 윤준은 그런 마음 씀씀이를 전혀 눈치채지 못했다.

3

어느 날, 은지의 상사가 그녀를 부르더니 느닷없이 아프리카 주재원 파견을 제안했다. 말이 제안이지, 이미 내부적으로 확정된 상황이었다. 은지는 기가 막혀서 눈을 동그랗게 뜨고 대체 이유가 뭐냐고 따졌다. 다른 지역도 아닌 아프리카라니 좌천이나 다름없지 않은가. 하지만 상사는 자신에게 다 생각이 있다며 무조건 따를 것을 종용했다. 결국 은지는 화가 나서 상사의 사무실을 뛰쳐나왔다.

상사는 정말로 생각이 있어서 어렵게 그 자리에 은지를 내정한 것이었다. 평소 그녀의 능력을 높게 평가한 상사는 그녀를 자신의 후임에 앉히려 했다. 그러나 젊고 경력이 부족하다는 이사회의 반대에 부딪혔고, 치열한 논쟁 끝에 그녀가 현지에 가서 실무 능력을 검증받는 조건으로 마침내 승낙을 얻어 냈다. 만약 그녀가 1년 동안 아프리카 근무를 무사히 마치고 돌아온다면 초고속 승진길이 열리는 셈이었다. 그야말로 일생일대의 기회였지만 은지는 이런 사실을 까맣게 몰랐다.

4

늦은 저녁, 비가 쏟아지기 시작했다.
기주는 우산을 받쳐 들고 집에 가고 있었다. 그런데 구급차 한 대가

요란한 사이렌 소리와 함께 무서운 속도로 달려가면서 인도 옆 물웅덩이를 밟았고, 그 바람에 기주는 흙탕물을 뒤집어쓰고 말았다. 기주는 아무리 구급차라도 저렇게 빨리 달리면 안 되지 않나, 생각하며 한바탕 성질을 내고는 터덜터덜 집으로 향했다.

그 시간, 바람같이 달려간 구급차가 멈춰 선 곳은 다름 아닌 기주의 집 앞이었다. 그녀의 아버지가 고혈압으로 쓰러졌던 것이다. 구급차 기사가 속도위반도 신경 쓰지 않고 바람처럼 달려간 이유는 오직 기주의 아버지를 구하기 위해서였다.

5

엄마에게 전화가 걸려왔을 때, 정원은 오피스텔에 막 도착한 참이었다. 그녀는 현관문 앞에 서서 가방을 든 채 불만을 터뜨렸다. 회사에서 제공한 오피스텔이 얼마나 구석진 곳에 있는지, 교통편이 얼마나 불편한지, 아직 정식 출근은 하지 않았지만 인사차 들러본 사무실 분위기가 얼마나 냉랭했는지, 연봉은 또 왜 이렇게 짠지….
그녀의 불만을 들은 엄마는 뜻밖에도 속상해하기는커녕 웃음을 터트렸다.

"딸, 엄마는 네가 대견해. 얼마나 능력 있으면 회사에서 젊은 너를 일부러 집까지 구해 주며 스카우트했겠니? 엄마가 네 나이

때는 혼자 상경해 직장 다니면서 마땅히 묵을 곳이 없어서 친척 집이며 친구 집을 전전하며 눈칫밥을 먹었어. 나중에 겨우 몸뚱 이 하나 누울 자취방을 구해 놓고 얼마나 기쁘던지…. 그런데 너 는 번듯한 집, 그것도 회사에서 돈까지 내주는 집이 있잖니. 주 변에 얘기하면 다들 잘난 딸 뒀다고 얼마나 부러워하는지 몰라. 난 네가 정말 자랑스럽단다."

진심으로 기쁜 듯 낭랑하게 울리는 엄마의 목소리를 들으며 정 원은 기분이 점차 좋아졌다. 전화를 끊은 후, 정원은 조심스레 현관문 을 열었다.

살풍경하리라는 예상과 달리 볕이 잘 드는 거실 한쪽, 붉은 꽃이 가득한 싱그러운 부겐빌레아 화분이 그녀를 맞이했다. 정원은 눈을 크게 떴다. 아마 전임자가 두고 간 것 같았다. 그동안 돌보는 이 하나 없었을 텐데도 홀로 꿋꿋이 소담하고 아름다운 꽃을 피워 낸 식물이 놀랍기만 했다. 그녀는 가방을 내려놓고 쏟아지는 햇살을 맞으며 은 은한 꽃향기를 한껏 들이켰다. 그러자 갑자기 웃음이 날 정도로 행복 해졌다.

삶의 곳곳에 복병처럼 숨어 있는 불행, 놓쳐 버린 기회, 예기치 못한 고난에 좌절하지 마라. 더욱이 그 때문에 한 번뿐인 인생을 낭비 하거나 포기해서는 안 된다.

아무리 폭풍 같은 나날이라도
언젠가는 지나갈 것이기에.
아무리 힘든 시절이라도
언젠가는 반드시 과거가 될 것이기에.
그리고 내가 미처 보지 못하고 알지 못하는 곳에서
나를 응원하고, 부축하고,
기도해 주는 누군가가 반드시 있기에.

당장 내게 주어진 상황은 추하고 징그러운 개구리 같을 수 있다. 그러나 무조건 외면하지만 말고 용기 내어 키스한다면 징그러운 개구리 대신 멋진 왕자님이 눈앞에 나타나고, 모든 것이 변할지도 모른다.

어떤 책은 마지막 페이지에 다다라서야 비극이 해결되고 아름다운 결말이 드러난다. 어떤 그림은 마지막 터치가 끝나고 나서야 명암이 분명해지며 전체적인 풍모가 명확해진다. 어떤 일들은 다 지나고 나서야 그때는 별 의미를 두지 않았던 행동들이 사실은 얼마나 많은 사람의 선의와 진심이었는지 깨닫게 된다.

추한 얼굴 아래 누구보다 따뜻한 마음을 가진 노트르담의 꼽추처럼 어둠 속에서 남몰래 나를 돕는 이가 있다. 나는 깨닫지 못하지만 내가 오늘 하루를 무사히 살아내도록 보이지 않게 돕는 우렁각시 같은 이가, 삶의 곳곳에 존재한다.

운명은 높은 자리에 앉아 모든 것을 쥐고 흔드는 통치자가 아니다. 그보다는 소리 없이 동행하다가 때때로 손을 뻗어 넘어진 나를 일으켜 세워 주는 수호신에 가깝다.

운명이 주는 선물은 조금 늦기도 하고, 때로 느리기도 하고, 종종 평탄하지 않을 때도 있으며 전혀 선물처럼 보이지 않을 수도 있다. 그러나 끝까지 견딘 사람에게는 반드시 값진 선물이 된다.

내가 나를 포기하지 않으면
세상도 나를 포기하지 않는다.
전혀 기대하지 않은 때에 마주치게 되는
따스함과 온기가, 비참하고 어둡게만 보이던 인생을
조금씩 바꾸는 용기가 그 사실을 증명한다.
그대만 모를 뿐, 세상이 그대를 몰래 사랑하고 있다.

하나의 손가락이 아닌

다섯 손가락으로

안아주는 고결함

.
.
.

자신의 고결함으로 천박함을 덮고
선량함으로 악의를 이길 수 있어야 한다.
이 세상을 좀 더 살 만한 곳으로 만드는 것은
결국 이런 마음들이다.

1

인터넷에서 한때 뜨거운 감자였던 화두가 있다. 바로 '여성이 공공장소에서 쭈그려 앉아 있어도 괜찮은가?'이다. 얼핏 뜬금없는 소리 같은 이 논쟁은 한 커뮤니티에 올라온 사진 한 장에서 촉발됐다. 젊은 여자 둘이 정거장 바닥에 쭈그려 앉아 전철을 기다리며 수다를 떠는 모습이었다. 사진을 찍어 올린 네티즌은 자못 엄중한 투로 이들을 규탄했다.

"내가 꼰대라고 해도 어쩔 수 없는데, 그래도 이건 너무하지 않은가? 요새 여자애들은 도무지 품위라고는 찾아볼 수가 없다. 아무 데나 쭈그리고 주저앉고, 볼썽사납다는 걸 모르나? 대체 뭘 보고 배운 건지. 결국 교양의 문제 아닌가?"

사진 한 장 때문에 게시판이 그야말로 벌집을 쑤셔 놓은 듯 난리가 났다. 요즘 젊은 사람들은 제멋대로에 교양도, 예의도 없다며 동의하는 의견도 있었지만, 대다수는 그게 뭐 어떠냐는 식이었다. 다른 사람에게 불편을 준 것도 아니고 길을 막은 것도 아닌데 쪼그려 앉든 퍼질러 앉든 무슨 상관이냐는 댓글부터, 몸이 힘든데 앉을 자리가 없어서 그랬을 거라는 추측성 댓글, 허락도 없이 남의 사진을 찍고 최소한의 모자이크도 없이 그대로 올린 글쓴이가 더 교양 없다는 '너나 잘하세요'형 댓글까지 대부분 글을 올린 사람을 비난하는 쪽이 많았다.

논란이 된 글과 사진, 댓글을 보면서 문득 과거의 사소한 기억 하나가 뇌리를 스쳤다.

2

직장을 다닌 지 얼마 안 됐을 때의 일이다. 사수가 거래처에 가서 중요한 서류를 받아 오라며 예정에 없던 심부름을 시켰다. 한창 차가 막힐 시간이라 전철을 타고 가서 부랴부랴 서류를 받아 오니 정작 심부름을 시킨 사수가 자리에 없었다. 그새 다른 거래처에 외근을 나간 것이다. 전화를 해 보니 당장 자신이 있는 곳으로 가지고 오라며 성화를 부려서 어쩔 수 없이 또다시 전철을 타고 한 시간이 걸려 찾아갔다. 서류를 전해 주고 나오니 하늘은 이미 어둑어둑해져 있었다.

집으로 돌아가는 길, 그날따라 높은 하이힐을 신은 바람에 다리가 너무 아팠다. 발가락은 감각이 사라진 지 오래고, 발바닥은 타는 듯했으며, 발꿈치는 벌겋게 쓸려 피가 맺혔다. 절뚝이며 지하철을 탔지만, 퇴근 시간이라 빈자리가 하나도 없었다.

간신히 지지봉을 잡고 섰지만, 다리가 후들거려 금방이라도 쓰러질 것 같았다. 등 뒤로 식은땀이 흐를 지경이었다. 차라리 구두를 벗고 쭈그려 앉고 싶었지만, 투피스 정장 차림으로 차마 그럴 용기가 나지 않았다. 머리 한구석에 박힌 '여자는 언제나 몸가짐을 조심해야 한다, 특히 공공장소에서'라는 가부장적 고정관념이 주저앉으려는 나를 자꾸 가로막았다. 하지만 내 몸은 비명을 지르기 일보 직전이었다. 숨도 잘 쉬어지지 않고, 눈앞이 핑핑 돌았다. 이대로 있다가는 두 정거장도 못 버티고 기절할 것만 같았다.

사실 내가 주저앉든 말든, 다른 사람들은 신경도 쓰지 않았을 것이다. 하지만 그 순간 나는 엄청난 갈등에 시달렸다. 신체적 한계와 정신적 압박 사이에서 어느 쪽으로도 기울어지지 못하고, 마치 생사가 걸린 선택을 앞둔 사람처럼 안절부절못했다. 나는 벌게진 얼굴로 이를 악물었지만 결국 지지봉에 기댄 채 조금씩 주저앉기 시작했다.

그때 누군가 갑자기 내 어깨를 톡톡 건드렸다. 돌아보니 소박한 옷차림의 나이 지긋한 아주머니가 언제 왔는지도 모르게 내 곁에 서 있었다. 내가 의아하게 바라보자 아주머니는 사람 좋은 미소를 지으며 자기 뒤에 있던 커다란 짐을 끌어다 내 쪽으로 밀었다. 검은 비닐로 쌓인 짐은 얼추 내 허벅지 근처까지 올 만큼 부피가 컸다. 짐의 크기를 보아도 그렇고, 아주머니의 차림을 봐도 그렇고, 근처 의류 도매시장에서 떼어 온 옷더미가 분명했다. 아주머니는 짐을 톡톡 치며 말했다.

"앉아요."

"…네?"

내가 바보처럼 되묻자 아주머니는 하얀 이를 드러내며 웃었다.

"다 옷이라 눌려도 괜찮아요. 어서 앉아요."

나는 잠시 멍하니 짐을 바라봤다. 하지만 강렬한 유혹을 이기지 못하고 결국 고맙다는 말과 함께 조심스레 그 위에 걸터앉았다. 엉덩이 아래 푹신한 감촉이 느껴지는 순간, 너무 편안해서 울고 싶어졌다.

다시 한번 감사 인사를 했다. 아주머니는 신경 쓰지 말라며 고개를 저었다. 아주머니가 앉으셔야 하는 것 아니냐고 묻자 자신은 피곤하지 않다고 했다.

"젊은 아가씨가 직장 생활하느라 얼마나 힘들겠어요, 고생이 많아요."

그날 나는 빈자리가 생길 때까지 옷더미에 앉아 있었다. 그리고 그때까지 아주머니는 내리지 않았다. 어느 역에서 내리시냐고 물어봐도 자꾸 다른 이야기만 할 뿐, 좀처럼 대답해 주지 않았다.

벌써 오래전 일이지만 아직도 그때 그 옷더미의 감촉이 생생하다. 여태껏 내가 앉아 본 모든 자리를 통틀어도 그만큼 편안한 자리는 없었다. 몇천만 원짜리 소파에도 앉아 보고, 비행기 일등석도 타 봤지만, 그날 아주머니가 내어준 비닐봉지에 쌓인 옷더미보다 편하지 않았다. 지금도 그 느낌을 떠올리면 마음이 따스해진다.

살다 보면 누구나 궁지에 몰릴 때가 있다. 번듯한 신사도, 우아한 숙녀도, 남부럽지 않은 부자도 교양이나 예의를 차릴 여유가 없을 만큼 곤경에 처할 수 있다. 원하든 원치 않든 꼴사나운 모습을 보일 수밖에 없는 그런 순간에 당신은 무엇과 마주치고 싶은가? 속사정도 모르면서 비난만 쏟아내는 커다란 입? 마구 휘둘러대는 손가락? 흘겨보는 눈?

아니, 그럴 리 없다. 그럴 때라면 따스하게 건네는 도움의 손, 잠시 걸터앉아 쉴 수 있는 커다란 옷더미, 괜찮다는 미소와 이해한다는 끄덕임이 절실하지 않겠는가. 전자는 '제대로 된 인간됨을 가르치겠다'는 태도고, 후자는 '제대로 된 인간됨을 실천하는' 태도다.

어느 쪽이 사람을 편하게 만들까? 당신의 태도는 어느 쪽인가?

우리에게는 세상을 좀 더 정돈되고
질서 있게 만들 의무가 있다.
그 속에서 고결함과 천박함을 나눈다면,
함부로 비난과 질책을 쏟아 내는 것은 '천박한 것'이고
도움의 손길을 내미는 것은 '고결한 것'이다.

3

이른 저녁, 번화가 근처를 지나가다 화려하게 차려입은 아가씨가 길가에 주저앉아 비틀거리며 흐느끼는 모습을 보았다. 아마도 술을 많이 마시고 취했는지 옆에는 토한 흔적이 있었다. 지나가던 사람들은 하나같이 코를 막고 눈살을 찌푸리며 혐오감을 여과 없이 드러냈다. 그녀 또래로 보이는 몇몇 여자는 일부러 들으라는 듯 소리 높여 말했다.

"어우, 토해 놓은 것 좀 봐. 초저녁부터 무슨 술을 저렇게 먹었대. 길거리에서 저게 뭐 하는 짓이야, 쪽팔리지도 않나?"

그때, 나와 같이 가던 친구가 내게 잠깐 기다려 보라고 하더니 근처 편의점으로 뛰어갔다. 잠시 후 돌아온 친구의 손에는 물티슈와 비닐봉지, 물과 숙취해소제 따위가 들려 있었다. 친구는 곧장 길바닥에 앉아 있는 아가씨에게 다가갔다. 나도 얼른 뒤를 따랐다.

그녀는 너무 울어서 기운이 다 빠졌는지 축 늘어진 상태였다. 일단 그녀를 친구와 둘이 힘을 합쳐 간신히 일으켜 세워 벤치에 앉혔다. 그런 뒤 물과 숙취해소제를 먹이고 물티슈로 바닥의 토사물 자국을 깨끗이 닦아 비닐봉지에 넣어 쓰레기통에 버렸다.

잠시 후 콜택시가 도착했다. 우리는 그녀와 함께 택시에 탔다. 다행히 그녀는 숙취해소제를 마신 덕인지 어느 정도 정신이 돌아와

주소를 불러 주었다. 목적지에 도착할 때쯤에는 술기운도 다 가신 듯, 옆자리에 앉은 친구의 손을 잡고 약간 쉰 목소리로 연신 감사 인사를 했다.

"고맙습니다. 정말 고맙습니다…."

우리는 아무 말도 하지 못했다. 위로라도 하고 싶었지만 왜 울었는지 알 수 없으니 어쩔 도리가 없었다. 어쩐지 그녀도 원치 않을 것 같았다. 그녀는 택시에서 내리자마자 우리에게 꾸벅 인사하고, 짙어진 밤의 어둠 속으로 휘청휘청 사라졌다.

아무리 힘든 일이 있대도 다 큰 처녀가 만취해서 길거리에 널브러지면 안 된다고 말할 사람도 있을 것이다. 그게 무슨 추태냐고, 천박하다고 손가락질할 수도 있다.

나는 여전히 그날 그녀가 왜 그러고 있었는지 모른다. 대체 무슨 일이 있었기에 엉망으로 취해서 길거리에 주저앉을 수밖에 없었는지 아마 앞으로도 절대 모를 것이다. 하지만 그날 그녀의 흐느낌에는 깊은 절망과 슬픔이 담겨 있었다. 아무에게도 기대지 못하고 혼자 견뎌야만 하는, 그런 시린 고통이 있었다. 그래서 나는 그녀를 비난하기보다는 충분히 그럴 만한 속사정이 있었다고 믿기로 했다.

그녀를 손가락질하고 비웃던 사람들도 똑같은 고통을 겪는다면 과연 그녀보다 나은 모습을 보일 수 있을까?

글쎄, 모르겠다.

만약 고된 하루에 지쳐 지하철 바닥에 주저앉은 모습이 정말 보기 싫다면, 따뜻한 목소리로 이렇게 말하면 그만이다.

"아가씨, 많이 피곤한가 봐요, 이리 와서 내 자리에 앉아요."

그렇게 하지도 못하면서 교양을 논하고 예의를 따진다면 스스로 그럴듯한 겉모습과 허울뿐인 우월감에 사로잡혀 있음을 자백하는 것이나 다름없다. 안타깝지만 이런 사람들은 세상을 티끌만큼도 나아지게 하지 못한다.

.
.
.

우리가 할 수 있는 일은
자신조차 추스를 수 없는 고통에 빠진 그녀를
비난하지도,
비웃지도,
손가락질하지도 않는 것이다.
손을 뻗어 토사물투성이 바닥에서 일으켜 세워
무사히 집으로 돌려보내는 것이다.
쉽게 질책하고 판단하는 천박함 대신,
한 여자의 부서질 듯 위태로운 자존감을
힘껏 지켜 주는 따스한 마음을 갖는 것뿐이다.

엉망진창 여행길,

기대를 안고

씩씩하게

.
.
.

이 여행 이후로 그녀는
아무리 엉망진창인 듯한 일도,
형편없어 보이는 경험도
지나고 보면 그렇게 나쁘지만은 않을지
모른다고 생각하게 되었다.

1

2004년 9월, 나는 친구들과 촨시川西 대초원 일대로 여행을 떠났다. 인원은 네 명, 전부 여자였다. 촨시 여행의 시작점인 청두에 도착하자마자 우리가 가장 먼저 한 일은 여행길 안내와 운전을 해 줄 기사를 찾는 것이었다. 잠시 후 작은 승합차를 몰고 나타난 기사는 피부가 검고 깡마른 사내로, 말이 많고 인색했다. 우리는 조금이라도 비용을 깎아보려 했지만, 바늘 하나 들어가지 않을 만큼 빈틈없고 강경한 그의 태도에 질려 결국 부르는 대로 값을 주기로 하고 출발을 재촉했다.

여행의 시작은 순조로웠다. 먼저 아바를 들렀다가 다시 랑탕과 서다를 거쳤는데 특히 아바의 풍경이 감동적이었다. 산 정상에 오르면 순백색 구름이 발밑에 환상처럼 펼쳐졌고, 마을을 휘돌아 흐르는 연녹색 강물과 푸른 초원 위에 점점이 박힌 소와 양이 정취를 더했다.

뤄훠에 도착했을 때 마냥 청명할 것만 같았던 여정에 먹구름이 드리우기 시작했다. 하늘빛이 어두워지고, 앞쪽 지방에 눈이 쏟아지기 시작했다는 소식이 들려왔다. 우리는 잠시 의논한 뒤 눈이 내리기 전에 최대한 빨리 그날의 숙박지로 정한 더거현으로 가기로 했다.

하지만 채 절반도 가기 전에 눈이 흩날리기 시작했고, 오후로 갈수록 눈발이 더욱 거세졌다. 기사는 조금만 더 가면 마니간거라는 작은 마을이 있다며, 그곳에서 식사하고 차후 일정을 다시 논의해 보자고 제안했다. 이대로 눈보라를 뚫고 가는 것은 위험하다는 말도 덧붙였다. 우리는 어쩔 수 없이 그의 제안을 받아들였다.

마니간거는 말이 좋아 마을이지, 길가에 작은 건물 몇 채가 전부였다. 작은 식당에 들어가 주문을 하고 나니 비로소 허기가 밀려왔다. 잠시 후 테이블 위에 김이 모락모락 오르는 탕과 먹음직스러운 요리가 차려졌고, 우리는 허겁지겁 음식에 달려들었다.

한참 정신없이 먹고 있는데 옆 테이블에 앉은 남녀가 우리를 힐끗힐끗 보는 게 느껴졌다. 어쩐지 심상치 않고 불쾌함이 느껴지는 눈길이었다. 내가 마주 쏘아보자 두 사람은 얼른 고개를 숙이고 다시 식사에 열중하는 척했다. 하지만 곧 다시 우리를 훔쳐보며 자기들끼리 무어라고 쑥덕거렸다.

식사를 마치고 각자 배낭을 점검하며 식당 주인과 이런저런 이야기를 나누었다. 그는 우리에게 더 가지 말고 청두로 돌아가라고 권했다. 눈이 많이 내릴 때는 길을 아예 봉쇄하는 곳이 많기 때문에 부득부득 가 봤자 어차피 목적지까지 못 간다는 것이다. 더구나 이곳처럼 고도가 높은 지역에서는 평지와 달리 상상도 못한 위험 요소가 생길 수도 있다고 했다.

　하지만 이대로 포기하기에는 너무 아쉬웠다. 넷이서 가까스로 일정을 맞춰 이 먼 곳까지 왔는데 날씨에 가로막혀 돌아가야 한다니! 그렇다고 현지인이 말리는데 억지로 밀고 나갈 배짱이 있는 것도 아닌지라 자연히 고민이 길어졌다. 서로가 서로를 설득하지 못한 채 아무 결론도 내지 못하고 시간만 속절없이 흘러갔다.

　그렇게 한창 갑론을박 중인데 갑자기 밖에서 다투는 소리가 들렸다. 잘 들어보니 그중 하나는 조금 전 화장실에 간다고 나간 지연의 목소리 같았다. 우리는 후다닥 밖으로 뛰쳐나갔다.

　과연 지연은 아까의 그 남녀와 실랑이를 벌이고 있었다. 그 옆에는 기사가 불편한 표정으로 서 있었다. 지연은 우리를 보자마자 남녀를 가리키며 소리쳤다.

　"이 사람들이 우리 차를 뺏으려고 했어!"
　"뭐라고?"

　우리는 당장 우르르 달려가 지연의 옆에 섰다. 이곳에서 차를 '빼앗기는' 일은 단순히 돈의 문제가 아니었다. 앞뒤로 수십 킬로미터를 가도 마을 하나 찾기 힘든 이곳에서 차가 없다는 것은 다리를 잃는 것이나 마찬가지였다. 워낙 외지라 다시 빌리기도 쉽지 않으니 차를 뺏긴다면 꼼짝없이 이곳에 발이 묶일 공산이 컸다.

"당신들 차는 어쩌고 왜 우리 차를 가로채려고 해요?"

알고 보니 두 사람도 원래는 우리처럼 기사와 차가 있었단다. 그런데 갑자기 급한 일이 생겨서 최대한 빨리 청두로 돌아가자고 하다가 그만 기사와 틀어지고 말았다. 길도 험하고 날씨도 나쁜데 서두르다 사고가 날 수도 있다며 바로 돌아갈 수 없다는 기사를 재촉한 게 화근이었다. 결국 대판 말싸움이 벌어졌고 기분이 상한 기사는 그들을 버려두고 혼자 가 버렸다. 그렇게 두 사람이 발만 동동 구르던 차에 우리, 정확히 말하면 우리를 실은 승합차와 기사가 나타난 것이다. 그들은 우리 쪽 기사에게 몰래 접근해서 돈을 두 배로 줄 테니 자신들과 청두로 가 달라고 했다. 때마침 화장실에 가던 지연이 그 현장을 발견하지 못했다면 어떻게 됐을지 생각만 해도 등골이 오싹해졌다.

남녀의 사정을 듣고 나자 우리는 아무 말도 하지 못했다. 그들의 처지가 딱했기 때문이다. 게다가 우리도 마침 돌아갈지 말지를 고민하고 있던 터라 더욱 그랬다. 어차피 돌아가야 한다면 두 사람을 데리고 가지 못할 것도 없었다. 하지만 우리를 속이고 기사를 '빼돌리려' 했다는 점은 괘씸했다.

문제는 또 있었다. 모두를 태우기에는 우리 승합차가 너무 작았다. 기사를 제외한 우리 네 사람도 짐 사이에 끼어서 겨우 타는 마당에 과연 성인 두 사람이 더 탈 수 있을까?

남녀는 연거푸 사과하며 제발 도와달라고 사정했다. 여자 쪽은 눈물까지 그렁그렁하며 애걸복걸했다.

결국 마음이 약해진 우리는 그들을 제일 가까운 큰 마을까지 데려다주기로 했다. 큰 마을에 가면 쉽게 차를 구할 수 있을 테고, 우리는 아직 이 여행을 마칠 결심이 서지 않았기 때문이다. 자리가 좁은 문제는 두 팀으로 나뉘어 이동하는 것으로 해결했다. 조금 불편하긴 해도 어쨌든 그게 우리가 생각해 낼 수 있는 최선책이었다. 그들이 내민 차비도 받지 않았다. 이왕 도와주기로 했는데 굳이 돈을 받는 것도 우스웠다.

식당으로 들어가 짐을 챙기며 우리는 두런두런 이야기를 나눴다. 지연은 이대로 청두에 돌아가는 게 어떻겠냐고 제안했지만, 미희가 절대 안 된다며 펄쩍 뛰었다. 나도 여기까지 와서 제대로 놀지도 못하고 가기에는 아깝다는 입장이었다. 우리는 의논 끝에 일정을 바꿔서 여행을 계속하기로 했다.

그런데 그때 식당 주인이 헐레벌떡 들어오며 외쳤다.

"빨리 나와 봐요! 아가씨들 차, 떠나는 것 같은데?"

우리는 깜짝 놀라 구르듯 뛰어나갔다. 눈 쌓인 바닥에는 차에 실었던 짐이 아무렇게나 나뒹굴었고, 그 앞쪽으로는 바퀴 자국이 선명했다. 그리고 그 자국 끝에 지평선 너머로 사라져 가는 승합차가 보였다. 우리가 고심 끝에 내놓은 중재안이 마음에 들지 않았던 남녀가 돈욕심 많은 기사를 꼬여서 우리를 버리고 간 것이다.

우리는 족히 몇 분 동안 아무 말도 못 한 채 멍하니 눈밭에 서 있다가 동시에 분노를 터뜨렸다. 좀처럼 흥분하는 일이 없는 현주마저 참지 못하고 거친 욕을 쏟아 냈다.

"이 사람들 미친 거 아니야?"
"진짜 사람 같지도 않은 것들!"
"돈에 눈이 멀었냐!"
"가다가 확 굴러 버려라!"
"우리 이제 어떡해!"

마지막 누군가의 외침에 정신이 확 들었다. 그러게, 이제 어떡하지?

우리는 어깨를 늘어뜨리고 터덜터덜 식당으로 돌아갔다. 각자 쓰러지듯 의자에 앉는 우리를 식당 주인이 안쓰럽게 쳐다봤다. 그리고 정 방법이 없으면 가까운 친구에게 전화를 걸어 보겠다며 호의를 베풀었다. 몇십 킬로미터 떨어진 마을에 차를 가진 친구가 있다는 것이다. 다만 비용이 많이 들 테고, 좀 오래 기다려야 한다고 했다. 찬밥 더운밥 가릴 처지가 아니었다. 다른 선택지가 없었던 우리는 주인의 제안을 고맙게 받아들였다.

오도 가도 못하고 발 묶인 신세가 되니 할 수 있는 것이라곤 술 마시는 일뿐이었다. 우리는 개만도 못한 남녀와 돈독 오른 기사를 안주 삼아 잘근잘근 씹으며 술을 마셨다. 그들을 씹을수록 술잔 도는 속도는 빨라졌고, 취기가 오를수록 분노도 같이 상승했다. 지연이 한마디 했다.

"야야, 여기서 우리끼리 열 낼 거 없어. 내가 그 기사 놈 차 번호 기억하거든. 청두에 아는 기자도 있어! 돌아가자마자 우리가 무슨 꼴을 당했는지 다 말하고, 기사로 써서 터트리라고 하자. 이딴 못된 짓 다시는 못 하게 만천하에 드러내서 망신을 주자고!"

그제야 모두 분노가 조금 가라앉았다.

족히 일고여덟 시간이 흐르고 나서야 식당 주인이 부른 차가 도착했다. 이번 기사는 도망간 기사보다 대하기가 더 까다로웠다. 사투리도 훨씬 심했고 얼굴에는 짜증이 가득했다. 마을에 운전할 줄 아는 사람이 몇 명 더 있지만 오겠다고 한 사람은 자기뿐이었고, 내일은 자기도 일하러 가야 해서 시간이 많지 않다고 했다. 또 눈이 더 심하게 오면 아예 다닐 수가 없으니 차라리 지금 출발하자고 독촉했다. 그 말에도 일리가 있었기에 우리는 군말 없이 짐을 챙겨 차에 올랐다.

부루퉁한 태도와 달리 기사의 운전 실력은 기대 이상이었다. 굽이굽이 험한 산길을 능숙하고 빠르게, 게다가 안정적으로 주파하는 그의 솜씨에 절로 감탄이 나왔다. 우리가 호들갑스럽게 칭찬하자 그의 낯빛도 조금씩 좋아졌고, 나중에는 우리와 농담을 주고받을 만큼 심드렁했던 관계가 풀렸다. 심지어 우리에게 가고 싶은 곳이 없냐고 묻기까지 했다. 시간을 봐서 도중에 잠시 들렀다 갈 수도 있다는 것이다.

우리는 다시 신이 났다. 방금까지만 해도 청두로 돌아가면 뒤도 돌아보지 않고 집으로 가는 비행기에 몸을 실을 생각이었지만, 기회가 생기자 젊은이 특유의 기운찬 긍정 회로가 또다시 돌아가기 시작했다. 길게 고민하지 않고 백옥사로 길을 잡았다. 마침 가는 길에 있기도 하거니와 아름답고 신비로운 풍광으로 유명했기 때문이다. 백옥사를 내 눈으로 볼 수 있다면 여태껏 겪은 모든 재수 없는 일도 전부 다 괜찮아질 것만 같았다.

다들 신나서 다시 재잘대는데 현주만 뒷좌석에 몸을 깊이 묻고 눈을 감은 채 아무 말이 없었다. 이상해서 자세히 보니 얼굴빛이 창백했다. 지연이 얼른 손을 내밀어 그녀의 이마를 짚어 보고는 깜짝 놀라 말했다.

"애 이마가 너무 뜨거워."

다들 놀라서 앞다투어 현주의 이마를 만져 보았다. 정말 가슴이 철렁 내려앉을 정도로 뜨거웠다. 추운 날씨에 일정을 너무 오래 지체한 탓일까. 게다가 싸우고 화내느라 감정 소모도 크지 않았던가. 안 그래도 몸이 약한 현주가 기어코 탈이 난 모양이었다. 기사 역시 심각해졌다.

"이 근처 마을들은 너무 작아서 병원이 없어요. 간즈까지 가야 있어요. 서둘러야겠구먼. 여기는 해발 3천 미터예요. 이런 높이에서 열이 나는 건 좋지 않아요. 금방 위험해질 수 있거든."

그는 말을 마치자마자 자동차의 속도를 올렸다.

가까스로 간즈에 도착한 때는 이미 새벽이었다. 병원 앞에서 초조하게 기다리다가 문을 열자마자 진료를 받았다. 의사는 현주를 살피고 약을 처방한 뒤 링거를 놔 주었다. 현주가 링거를 맞을 동안 우리는 병원 근처의 여관에 짐을 풀고 대강 눈을 붙였다.

다행히 현주의 열은 금방 떨어졌고, 눈도 그쳤다. 그대로 청두로 직행하자고 의견을 모으는 중에 외려 현주가 원래 계획대로 백옥사에 들렀다 가자며 고집을 부렸다. 기사도 돈을 좀 더 벌고 싶었는지 현주의 편을 들었다. 백옥사의 경치는 특별한 구석이 있다며 이번 기회를 놓치면 언제 또 가보겠냐는 말까지 했다. 결국 원래 계획대로 백옥사로 향했다.

달릴수록 고도가 점차 낮아졌다. 주변 풍광도 전형적인 고산지대에서 계곡으로 바뀌어 갔다. 좀 전까지 눈이 내린 탓에 강 주변의 길은 온통 진흙으로 변해 있었다. 자연히 차의 속도도 느려졌는데, 기사가 마을이 나타날 때마다 멈춘 탓에 시간이 더욱 지체됐다. 왜 그러느냐고 묻자 임시 검문 때문이라고 했다. 이 주변에 관광객의 차를 노리는 강도가 많아서 검문을 자주 한다는 것이다.

백옥사에 가까워질 무렵 난관이 나타났다. 너무 심한 진흙 길에 바퀴가 푹푹 빠져 차가 도무지 나아가지를 못했다. 기사가 내려서 한

참을 살피더니 미안한 기색으로 말했다.

"차 무게를 줄여야 통과할 수 있을 것 같아요. 미안하지만 저 앞쪽까지는 걸어가셔야겠어요. 나는 다시 천천히 차를 몰아서 여길 빠져나가 볼게요."

길 한쪽은 깎아지른 절벽 아래였고 다른 쪽은 계곡이었다. 절벽 아래쪽은 발목까지 빠질 정도로 진흙탕이 깊었고, 계곡 쪽은 그만큼 깊진 않았지만 바로 옆이 수 미터 낭떠러지였다. 미끄러져 떨어지기라도 한다면 거칠고 빠른 물살에 쓸려 뼈도 못 추릴 게 분명했다. 우리는 그나마 진흙이 덜 쌓인 곳을 골라 디뎌 가며 조심스레 앞으로 향했다. 바로 옆 계곡에서 물 흐르는 소리가 천둥처럼 들렸다. 안 그래도 고소공포증이 있는 현주는 그냥 주저앉고만 싶은 표정이었다. 하얗게 질린 얼굴이 안쓰러웠지만 그렇다고 누가 누구를 도와줄 상황도 아니었기에 그저 열심히 한 발 한 발 나아갈 수밖에 없었다.

몇 걸음만 더 가면 마른 땅을 디딜 수 있는 거리에 다다랐을 때 갑자기 날카로운 비명과 함께 '철푸덕' 하는 소리가 뒤에서 들려왔다. 지연이 넘어진 것이다. 엉덩방아를 찧은 그녀는 그대로 낭떠러지 근처까지 미끄러졌다. 다행히 낭떠러지 앞에서 아슬아슬하게 멈추긴 했지만 1미터만 더 미끄러졌어도 그대로 떨어질 판이었다. 제일 가까이 있던 미희가 가까스로 그녀를 붙잡아 일으켰고, 우리는 서로 손에 손을 잡고 인간 밧줄이 되어 진흙탕을 빠져 나왔다. 드디어 안전한 곳에 다다랐을 때는 추운 날씨에도 모두가 땀범벅이 되어 있었다.

잠시 후 기사가 차를 몰고 도착했다. 현주는 땀에 젖어 벌벌 떨었고, 지연은 온통 진흙투성이가 된 채 각자 차 뒷자리에 말없이 쓰러졌다. 우리가 할 수 있는 일이라고는 기사에게 좀 더 빨리 가 줄 수 있느냐고 부탁하는 것뿐이었다.

무거운 침묵을 싣고 몇십 분을 달린 끝에 마침내 백옥사에 도착했다. 우리는 숙소를 잡고 뜨거운 물에 몸을 담그며 긴 하루를 가까스로 마감했다.

2

다음 날, 우리는 아침 일찍 일어나 그토록 보고 싶었던 백옥사를 실컷 구경했다. 힘들게 찾아온 길이라 더욱 감개무량했다. 하지만 오래 머물지는 못했다. 안 그래도 컨디션이 저조했던 현주의 상태가 급격히 나빠졌기 때문이다. 우리는 더 지체하지 않고 청두로 돌아가 큰 병원에 가 보기로 했다.

서두른다고 서둘렀는데도 백옥사를 떠난 때는 이미 오후였다. 출발한 지 얼마 되지 않아 현주는 다시 열이 나기 시작했다. 전날 진흙탕을 걸으며 고생해서 그런지 전보다 열이 훨씬 심하게 올랐다. 현주는 오한이 든다며 벌벌 떨었다. 기사가 현주의 상태를 보고 시간을 따져 보더니 조금이라도 빨리 병원에 가는 게 좋겠다며 청두 말고 간즈로 가자고 했다. 더 가깝고, 여차하면 숙박도 가능하다는 게 이유였다. 먼젓번 간즈에서 진료받았을 때 효과가 있었던 것을 떠올리며 우리는 기사의 제안에 동의했다. 당장은 열을 떨어뜨리는 게 가장 중요했기 때문이다.

기사는 고개를 끄덕이고 무언가 더 말하려다가 돌연 입을 꾹 다물었다. 그는 운전대를 꽉 움켜잡은 채 전방을 뚫어지게 주시했다. 그러더니 귀신이라도 본 사람처럼 안색이 변해서는 이를 갈며 욕을 내뱉었다.

"이런 젠장⋯!"

기사는 액셀을 힘껏 밟았다. 차가 급가속을 하며 무섭게 앞으로 달려가다가 크게 커브를 돌았다. 마치 무언가를 피하는 듯한 움직임이었다. 그리고 다시 미친 듯이 앞으로 내달렸다. 꺅! 우리는 모두 새된 비명을 질렀다. 기사가 큰 소리로 외쳤다.

"다들 꽉 잡아요!"

눈앞이 어지럽고 정신이 하나도 없었다. 마침 조수석에 타고 있던 나는 죽을힘을 다해 천장 손잡이를 잡고 매달렸다. 그때 우리 차 옆으로 거대한 검은 물체가 무섭게 다가오더니 '텅' 하는 소리와 함께 차체가 순간적으로 크게 휘청였다. 나는 그 바람에 머리를 차창에 세게 부딪쳤다. 안전벨트를 하고 있지 않았다면 튕겨 나갔을지도 모를 일이었다.

차 안은 온통 날카로운 비명으로 가득 찼다. 분명치는 않지만,

"차 멈춰! 죽여 버리기 전에!"

같은 종류의 험한 말도 들렸다. 하지만 기사는 차를 멈추기는커녕 더욱 거세게 속도를 올렸다. 그와 동시에 창밖으로 머리를 내밀고 큰 소리로 쌍욕을 퍼부었다. 그러기가 무섭게 차체가 또 한 번 크게 흔들렸고 다들 히스테릭하게 소리를 질렀다. 그제야 무슨 일인지 알 수 있었다. 우리는 알 수 없는 이들로부터 공격을 받고 있었던 것이다!

그다음부터 전쟁통을 방불케 하는 난리가 벌어졌다. 기사는 있는 힘껏 액셀을 밟았고 차는 곧 날아오르기라도 할 듯 무서운 속도로 달려갔으며, 그와 동시에 뒤에서 '와장창' 하는 소리가 들렸다. 뒤에 앉은 친구들의 울음과 비명이 한층 높아졌다. 뭔가 사달이 난 게 확실했지만, 뒤를 돌아볼 엄두가 나지 않았다. 아직도 진흙 구덩이가 여기저기 팬 거친 도로를, 기사는 F1에서나 볼 법한 속도로 돌파하고 있었기 때문이다. 그로 인해 차체는 롤러코스터처럼 흔들렸다. 잘못 돌아보았다가는 고개가 부러질 지경이었다. 조수석 보조 손잡이를 잡고 죽어라 매달려 있는 일 외에는 할 수 있는 게 없었다. 창밖의 산과 나무들이 '빨리 감기' 버튼을 누른 것처럼 정신없이 휙휙 지나갔다.

기사는 단숨에 몇십 킬로미터를 내달렸다. 그리고 더 이상 뒤에 따라붙는 차가 없는 것을 확인하고 나서야 속도를 줄였다. 나는 가까스로 고개를 돌려 그를 쳐다봤다. 이마에 굵은 땀방울이 송송 맺혀 있었고, 얼굴은 잔뜩 일그러져 있었다. 무심결에 깨물었는지 입술에 핏기도 비쳤다. 나는 벌벌 떨며 가까스로 고개를 돌려 뒷좌석의 상황을 살폈다.

그야말로 아비규환이었다. 뒤 차창이 완전히 깨져서 찬바람이 그대로 들이쳤고, 차 바닥에는 주먹만 한 돌들이 떨어져 있었다. 울먹이며 다들 괜찮냐고 묻자 다행히 돌에 맞은 사람은 없지만, 지연이 정신없는 와중에 떨어지는 차창을 받치려다 그만 깨진 유리에 어깨를 다쳤다고 했다. 지연은 어깨를 움켜쥐고 신음했다. 상처가 깊은지 피가 계속 흐르는 바람에 지연의 옷뿐만 아니라 좌석에도 피가 낭자했다. 게다가 그 옆에는 현주가 엎드린 채 격렬하게 구역질을 하고 있었다. 열 때문인지 너무 놀라서인지 알 수 없었다. 미희는 완전히 넋이 나가서 연신 "어떡해, 어떡해…."라며 울기만 했다.

"괜찮아, 이제 괜찮아."

나는 친구들을 다독이며 기사에게 물었다.

"아저씨, 방금 뭐였어요?"

대답하는 기사의 목소리가 가늘게 떨렸다.

"차 강도가 분명해요. 길을 떡하니 막고 있더라고요. 그래도 운
이 좋았어요. 간신히 피해 갈 만한 여유 공간이 있었거든요. 그
덕에 빠져나온 거죠."

만약 그대로 잡혔다면 어떻게 됐을까. 상상도 하기 싫었다.
간즈까지 얼마나 남았냐고 묻자 세 시간이라는 대답이 돌아왔
다. 나는 지연을 돌아봤다. 상처를 누른 옷가지가 피에 젖어 드는 것
을 보니 지혈이 제대로 되지 않은 게 분명했다. 지연은 고통스러운 듯
미간을 찌푸린 채 작게 신음했다.

"지름길 같은 건 없나요?"

기사는 고개를 저었다. 그리고 뭐라고 말하려는 찰나, 차가 부르
르 떨리더니 갑자기 멈춰 섰다. 우리는 잔뜩 긴장한 채 기사가 황급히
내려 차 뒤로 돌아가는 모습을 바라봤다. 그는 이리저리 한참을 살피
더니 어깨를 늘어뜨린 채 다시 차에 탔다. 무슨 일이냐고 묻자 기사가
멍한 눈빛으로 중얼거렸다.

"큰일 났어요. 뒤쪽 타이어가 다 터졌어요. 날카로운 돌조각이
박힌 모양인데, 그것도 모르고 그렇게 달렸으니…."

우리는 놀라서 온몸이 굳어 버렸다. 지연이 가늘게 흐느끼기 시작했다.

3

날이 완전히 어두워졌다. 우리는 차 안에 웅크린 채 벌벌 떨었다. 이 계절의 찬 시는 낮과 밤이 매우 다르다. 낮에는 괜찮지만, 밤이 되면 기온이 한겨울과 비슷한 정도로 떨어진다. 더구나 깨진 차창으로 찬바람이 무섭게 들이치니 히터를 아무리 튼다 한들 기름만 낭비하는 꼴이었다. 외투와 배낭 등으로 창을 막아 보았지만 사이사이 한기가 새어 들어오는 것까지 막을 수는 없었다. 뼛속까지 스미는 추위에 다들 고통스러워했다. 낮이라면 백옥사에서 간즈로 향하는 관광버스들이 수시로 다녔겠지만 이미 운행이 끝났을 시간이었다. 그렇다고 다른 차가 나타나기를 기대하기도 힘들었다. 관광버스를 제외하면 다니는 차가 별로 없는 길이었기 때문이다. 더구나 늦은 밤이라 한참을 기다려도 차 한 대 보지 못하는 게 당연했다.

기사가 궁여지책으로 주변의 마른 나뭇가지를 주워 와 모닥불을 피웠다. 그는 우리를 모닥불 주변으로 불러 모으며, 이렇게 하면 몸도 덥힐 수 있고 다른 차들의 주의를 끌 수 있다며 기운을 북돋웠다. 그때 미희가 눈치 없이 물었다.

"이 불빛을 보고 차 강도들이 나타나면 어떡해요?"

기사는 입을 꾹 다물었고 나는 그녀에게 불붙은 장작을 던지고 싶은 심정이었다. 이 상황에서 차 강도가 나타난다면? 굳이 물을 필요가 뭐 있나, 끝장이지. 그렇다고 다른 뾰족한 수가 있는 것도 아니었다. 우리는 타닥타닥 타오르는 모닥불만 우울하게 바라봤다.

얼마나 지났을까. 어둠을 뚫고 저만치에서 전조등 불빛이 다가왔다. 기사는 용수철이 튕기듯 일어나 힘껏 손을 흔들며 소리를 질렀다. 우리도 기대에 차서 그를 따라 소리쳤다. 얼핏 봐도 우리가 모두 탈 수 있을 만큼 큰 차였다. 만약 이곳에서 벗어날 수 있게만 해 준다면 돈은 얼마를 주어도 아깝지 않다고 생각했다. 그 시점에서 우리에게 돈은 더 이상 중요한 것이 아니었다. 우리는 기대감에 눈을 빛내며 가까워지는 차를 간절히 바라봤다. 하지만 그 차는 달려오던 속도 그대로 우리를 지나쳐 그대로 달려가 버렸다.

기사는 천천히 손을 내리며 길게 한숨을 내쉬었다.

"…아마 우리를 차 강도로 알았나 봅니다."

그랬을 수도 있고, 아니면 단순히 귀찮은 일을 피하려는 것일 수도 있었다. 어느 쪽이든 상관없었다. 희망이 사라졌다는 점은 마찬가지니까.

이후로도 차가 몇 대 더 지나갔고, 그때마다 우리는 미친 사람처럼 팔짝팔짝 뛰고 소리를 질렀다. 그러나 아무도 멈추지 않았다. 거들 떠보는 사람조차 없었다. 결국 다들 허탈함에 주저앉았다. 추위도 느껴지지 않았다. 눈물은 말라붙고 쉬어 버린 목은 따갑기만 했다.

그동안 지연과 현주는 모닥불 옆에 앉아 서로 기대어 있었다. 피 범벅이 된 옷가지로 어깨를 싸매고 있는 지연은 보기엔 섬뜩했지만, 정신은 말짱했다. 상처가 얼마나 깊은지 알 수 없지만, 다행히 피는 일단 멎은 듯했다. 문제는 현주였다. 얼핏 잠든 듯 보였지만 자세히 보니 입술을 달싹이며 무언가 중얼거리고 있었다. 가까이 가서 귀를 기울여 본 나는 모골이 송연해졌다. 온통 헛소리였기 때문이다. 나는 깜짝 놀라 그녀의 이름을 부르며 어깨를 흔들었다. 현주는 설핏 눈을 떴다가 곧 다시 감아 버렸다. 기사가 다가와 현주의 이마를 짚어 보고는 심각한 표정으로 말했다.

"열이 너무 심해요. 뇌수종일 수도 있겠는데. 빨리 병원으로 옮겨 치료를 받게 하지 않으면 폐수종까지 올 수 있어요. 그렇게 되면 정말 큰일입니다!"

병원으로 옮긴다고? 어떻게? 발이 완전히 묶여 버렸는데?
젊고 혈기 왕성한 우리는 고산지대에 오면서 산소통 하나 챙기지 않을 만큼 어리석었다. 일단은 비상용으로 챙겨 온 고산병 치료제를 현주에게 먹였으나 무용지물이었다. 체온계가 없어서 정확히 열이 몇

도나 되는지도 알 수 없었다. 그야말로 속수무책, 할 수 있는 게 아무 것도 없었다.

기사가 가까스로 휴대전화 신호가 터지는 곳을 찾아 여기저기 연락했지만 도와줄 만한 사람을 찾지 못하는 듯했다. 119에 신고를 했지만 우리가 있는 곳이 워낙 오지라 여기 오기까지 얼마나 걸릴지 알 수 없다고 했다.

현주는 이미 반쯤 혼수상태였다. 과연 그녀가 버틸 수 있을까. 고통에 일그러진 현주의 얼굴을 보며 우리는 불길함에 몸을 떨었다. 미희가 기어들어 가는 목소리로, 쥐어짜듯 물었다.

"현주…, 죽는 거야?"

"재수 없는 소리 하지 마."

"정말 그렇지 않다해도…, 만약의 상황을 대비해서 가족한테 연락해야 하지 않을까? 만약 여기서 진짜 잘못된다면 현주도, 가족도 가슴에 한이 될 텐데…."

"그럼 누가 전화할 건데? 네가 할래?"

우리는 다시 무거운 침묵에 빠졌다. 일단 현주를 차 안에 옮겨 눕히고 차 밖으로 나왔다. 몸이 부들부들 떨렸다. 단순히 추워서만은 아니었다. 친구 둘이 쓰러졌고, 그중 하나는 생명이 위험하다. 그나마 멀쩡한 둘은 신경이 당장 끊어질 듯 곤두서 있었다. 모닥불 너머 어둠 속에 알지 못할 공포와 위험이 도사리고 있는 것 같아 괜히 자꾸 눈길이 향했다.

대체 어디서부터 꼬였을까.

우리는 왜 이렇게 됐을까.

어쩌면 이 여행은 시작부터 잘못되었던 게 아닐까.

어쨌든 현주의 가족에게 연락해야 했다. 하지만 누구도 선뜻 나서지 못했다. 네 명이 떠나왔는데, 한 명은 돌아가지 못할 수도 있다니. 어떻게 설명해야 할까. 대체 뭐라고 대답해야 좋을까. 예전에 소설 같은 데서 '저기 누워서 죽어 가는 게 차라리 나았으면 좋겠다'라는 식의 표현을 보면 말도 안 된다고만 생각했었다. 개똥밭에 굴러도 이승이 낫다는데 대신 죽고 싶다는 게 말이 되나.

하지만 이 순간만큼은 진심으로 차 안에서 혼수상태에 있는 게 현주가 아닌 나이길 바랐다. 차라리 그편이 그녀의 가족에게 나쁜 소식을 전하는 것보다 나을 것 같았다. 여행을 떠날 때까지만 해도 건강했던 딸이 돌연 사경을 헤매고 있다는 이야기를 부모에게 어떻게 전한단 말인가. 생각만 해도 입이 마르고 가슴이 욱신거려서 죽을 지경이었다. 참담하고, 고통스럽고, 괴로웠다.

결국 그나마 현주의 가족과 친분이 있는 미희가 전화하기로 했다. 그녀는 떨리는 손가락으로 현주의 어머니에게 전화를 건 후 스피

커폰으로 돌렸다. 신호가 가는 동안 두려움에 구역질이 나올 것만 같았다.

현주의 어머니가 밝은 목소리로 전화를 받았다. 무슨 일이냐는 물음에 미희가 떨리는 목소리로 말했다.

"아주머니, 놀라지 말고 들으세요. 현주가…, 현주한테 일이 좀 생겼어요. 그게…."

그녀는 더듬거리며 현재 상황을 설명했다. 설명이 끝난 뒤에도 전화기 저편은 고요하기만 했다. 침묵이 그렇게 무서울 수도 있다는 사실을 그때 처음 알았다. 휴대전화가 뜨겁게 달궈진 쇠붙이인 양 우리는 서로에게 떠밀었다. 감히 숨소리조차 내지 못한 채 몇 분이 흘렀다. 영원 같은 시간이었다.

결국 우리는 무너지고 말았다. 미희가 눈물을 문질러 닦고 큰 소리로 말했다.

"아주머니, 걱정하지 마세요! 우리가 현주를 구해 낼게요! 반드시 무사히 데리고 돌아갈게요!"

이를 시작으로 우리는 봇물 터지듯 앞다투어 소리쳤다.

"맞아요! 약속할게요. 만약…, 만약 혹시라도 현주에게 무슨 일

257

이 생기면 저희 모두 아주머니의 딸이 될게요. 저희가 다 책임질 게요! 아주머니, 죄송해요, 죄송해요! 정말 죄송해요…!"

마침내 소리가 들려왔다. 나이 지긋한 중년 여인의 침착한 목소리였다.

"알겠다. 일단 현주 아빠한테는 알리지 말아야겠구나. 심장이 안 좋거든."

우리는 그러시라고 열심히 대답했다.

"현주와 통화할 수 있을까?"

아주머니의 물음에 우리는 서로를 망연히 바라봤다. 현주는 지금 열에 들떠 헛소리만 하는데 과연 통화가 될까. 힘들 것 같다고 대답하자 아주머니는 알겠다고 했다. 지금 당장 청두로 가겠다는 말도 덧붙였다.

"일단 거기 사는 친구한테 연락해서 도와줄 수 있는지 물어봐야 겠구나."

우리는 두서없이 알겠다, 고맙다, 죄송하다 따위의 말들을 마구

잡이로 뱉어냈다. 아주머니는 잠시 침묵하다 말했다.

"그럼…, 다시 연락하자꾸나."

전화가 끊겼다.

그로부터 몇 분이나 흘렀을까. 미희가 갑자기 휴대전화를 끌어 안더니 주저앉아 큰 소리로 울기 시작했다. 나와 지연도 그녀를 따라 끝없는 눈물을 흘렸다. 차라리 아주머니가 우리를 나무랐다면 좋았을 것이다. 아니면 지금 우리처럼 큰 소리로 울었어도 좋았을 것이다. 하지만 그녀는 그렇지 않았다.

그때 처음으로 알았다. 사랑하는 이가 삶과 죽음의 경계에 놓였다는 사실을 안 사람은 무너지지 않는다는 것을. 아니, 무너질 수 없겠지. 어떻게든 구해야 하니까. 문제를 해결하고, 또 다른 가족을 지켜야 하니까. 그때까지는 무너질 수 없을 터다.

이런 슬픔의 방식은 몹시도 낯설었다. 울음소리 한 자락 흘리지 않지만, 창자가 끊어지는 듯한 고통이 고스란히 느껴지는, 상상조차 못 한 슬픔. 내 생애 가장 추운 밤이었다.

구름 낀 하늘에서 듬성듬성 별빛이 떨어지고 사위는 무서우리만치 고요했다. 다음 순간에 무슨 일이 벌어질지, 언제쯤이나 이 어둠이 끝날지 아무도 몰랐다. 그저 열이 펄펄 끓는 친구의 차가워진 손발을 주무르고, 피가 배어 나온 상처를 싸매며, 끝이 보이지 않는 공포와 온갖 불길한 생각을 떨치려 애쓸 뿐이었다. 어서 도움의 손길이 도

착하기를, 친구가 조금만 더 버텨 주기를, 어서 날이 밝기를 바랄 뿐
이었다. 피곤과 추위에 지쳐 눈꺼풀이 무거워졌지만 아무도 감히 잠
들지 못했다.

4

길고 무서운 밤, 새벽이 오기는 할까.
그때 기사가 벌떡 일어나더니 쉰 목소리로 외쳤다.

"자동차다!"

우리는 희망을 잃은 지 오래였지만 기사는 힘차게 손을 흔들었
다. 결과는 마찬가지, 차는 또다시 우리를 지나쳐갔다. 나는 순간, 발
끈해서 소리쳤다.

"됐어요, 그만해요! 소용없다고요!"

그런데 지연이 어깨를 움켜잡고 힘겹게 몸을 일으키며 중얼거
렸다.

"내가 잘못 봤나…. 방금 지나간 차, 우리 버리고 간 그 차 같지 않았어?"

우리는 동시에 고개를 길게 빼고 차의 뒷모습을 뚫어지게 바라 봤다. 그런데 맞다 그르다 채 말하기도 전에 차가 멈춰 서더니 천천히 후진을 하며 우리 쪽으로 다가왔다. 기사가 얼른 차의 전조등을 켰다. 어둠 속에 후진하다 부딪치기라도 할까 봐 걱정됐기 때문이다. 그 차 는 조금 떨어진 곳에 멈췄고, 우리는 그쪽으로 달려갔다. 우리가 도착 할 때쯤 그 차의 운전자도 차 문을 열고 내렸다.

정말 그 사람이었다. 우리를 버리고 간 그 기사! 대체 어떤 표정 을 지어야 할지 알 수 없었다. 여태껏 우리가 겪은 모든 불행을 그의 탓으로 돌리며 드잡이를 해야 할까? 아니면 도와달라고 무릎 꿇고 빌 어야 하나?

그는 무척 겸연쩍은 표정으로 우리를 힐끔거렸다. 다행히 차에 올라타 가 버리지는 않았다.

"빨리! 현주부터 차에 태우자!"

나는 본능적으로 외쳤다. 현주를 떠메어 차에 태우고 짐을 옮겨 싣느라 한바탕 소란이 벌어졌다. 지연은 상처를 붙들고 혼자 힘으로 차에 올랐다. 도망쳤던 기사는 현주의 상태를 보고 깜짝 놀라더니 정 신없이 우리를 도와 짐을 날랐다. 짐을 욱여넣듯 실은 뒤 나머지 사람들도 차에 올랐다. 그리고 즉시 차 머리를 돌려 간즈로 달려갔다.

차 안의 분위기는 침울했다. 무거운 침묵을 먼저 깬 것은 그 기사였다.

"저, 미안합니다…. 사실 당신들을 데리러 돌아온 거예요. 아직 마니간거에 있을 줄 알고 그리로 가던 참이었는데 이런 곳에서 만날 줄이야…."
"그 두 사람은요?"

귀에 들린 내 목소리가 이상하리만큼 낯설었다.

"…그 사람들도 정말 급한 일이 있긴 했어요. 여자의 홀어머니가 위독해서…. 가까스로 시간을 맞춰서 임종은 지켰을 거예요. 사실 그 사람들도 엄청 괴로워했어요. 차를 타고 가는 내내 이런 후안 무치한 짓은 처음이라며 울더군요. 나 역시 부끄러웠고요."

그는 점퍼 안주머니에서 두툼한 봉투를 꺼내 내밀었다.

"내가 받기로 했던 차비의 세 배예요. 그 사람들이 준 겁니다. 나도 좀 보탰고요…. 사과의 의미로 받아 주세요."

그는 억지로 봉투를 내 손에 쥐여주고는 뒷좌석을 향해 연거푸 고개를 조아렸다.

"미안해요, 미안해요. 정말 미안합니다….."
"…일단 빨리 가 주세요."

하고 싶은 말이 정말 많았지만 결국 내 입에서 나온 말은 빨리 가 달라는 한마디뿐이었다.

몇 시간 후, 우리는 무사히 간즈에 도착했다. 먼저 현주가 응급 처치실로 들어가고 지연은 봉합수술을 받았다. 남은 둘이서 응급실 밖에서 초조한 마음으로 기다렸다. 당장이라도 기절할 것처럼 피곤 했지만 잠은 오지 않았다. 기사들이 뭐라도 먹으라며 음식을 사 왔지 만, 입맛이 없어서 마다했다.

얼마나 지났을까. 마침내 응급처치실에서 의사가 나왔다. 그는 우리를 향해 옅게 미소 지으며 말했다.

"친구분은 괜찮습니다. 상태가 심각해지기 전에 와서 정말 다행 입니다. 지금 링거 맞고 있어요."

우리는 안도감에 주저앉았다. 절로 눈물이 났다. 의사는 조금만 더 늦었으면 정말 목숨이 위험할 뻔했다며, 지금은 안정된 상태지만 되도록 빨리 청두의 큰 병원에 가서 정밀검사를 받아 보라고 했다. 우리는 고맙다며 연신 허리를 숙였다. 그 후 곧장 현주의 어머니에게 전화를 걸어 안심시켜 드렸다. 낭보를 들은 아주머니의 목소리가 가볍게 떨렸다. 우리는 청두에서 만나기로 하고 전화를 끊었다.

하지만 여행은 끝까지 힘든 일의 연속일 모양이었다. 청두로 향하는 가장 짧은 길이 너무 막혀서 어쩔 수 없이 좀 돌아가는 길을 택했는데 날씨마저 흐려졌다. 우리는 낮게 내려앉은 회색 구름을 올려다보며 청두에 도착할 때까지 비가 내리지 않기만을 기도했다.

모두가 지쳐 말없이 있는데 기사가 갑자기 창밖을 가리키며 말했다.

"저게 바로 그 유명한 단바의 망루랍니다."

저 멀리 푸른 나무들 위로 높이 솟은 망루 몇 채가 보였다. 그 기묘한 건축물은 회색 하늘을 배경으로 음울하게 서 있었다. 맑은 날이었다면 아름다워 보였겠지만 지금은 한없이 우울하기만 했다. 기사는 사진이라도 찍으라며 속도를 줄였지만 카메라를 꺼내 드는 사람은 아무도 없었다. 그럴 기분도 아니었거니와 찍는다고 해도 어두운 날씨 탓에 제대로 나올 것 같지 않았다.

그때 지연이 작게 탄성을 질렀다.

"애들아, 저것 좀 봐!"

기적 같은 일이 벌어졌다. 방금까지 두텁게 하늘을 덮고 있던 구름이 갈라지더니 황금빛 햇살이 쏟아져 망루를 비춘 것이다. 그러자 음울하기만 했던 풍경이 순식간에 바뀌었다. 다들 탄성을 지르며 차창에 달라붙었다. 현주마저도 피곤한 눈을 뜨고 그 광경을 바라보았다.

빛은 망설이듯,
시험하듯,
애쓰듯,
찌르듯
망루들을 쓰다듬었다.

5

햇살은 두툼한 구름층을 전부 꿰뚫고 나오지는 못했지만, 사이를 비집고 나와 끊임없이 쏟아지며 모였다 흩어지기를 반복했다. 햇살의 축복을 받은 망루는 세월이 켜켜이 쌓여 만들어진 듯 장엄하면서도 신비로웠다. 성스러울 정도로 아름다웠다.

아무런 예고 없이 눈앞에 펼쳐진 장관에 우리는 아무 말도 할 수 없었다. 이번 여행 내내 말문이 막히는 순간이 많았지만 벅차오르는 감동 때문에 말문이 막히기는 이번이 처음이었다. 잠시 후 현주가 가만히 중얼거렸다.

"저건…, 신이 내려 주신 빛일까?"

알 수 없었다. 다행인 것은 우리가 각자 카메라를 꺼내 셔터를 누를 수 있을 만큼 젊은이다운 기운을 회복했다는 점이었다. 어쩐지 마음이 들떠 웃기도 했다. 마치 하늘이 독특한 방법으로 지난 며칠간 우리가 겪은 고난을 보상해 주는 것만 같았다.

현주는 카메라를 꺼내는 대신 내 어깨에 기대어 조용히 창밖을 바라봤다.

"무슨 생각해?"

내가 물었다.

"그냥…, 이 세상이 얼마나 신기한가 생각하고 있어."

그녀는 고개를 기울여 나와 눈을 맞췄다. 눈가가 촉촉이 젖어 있었다.

"앞으로는 아무리 엉망진창인 여행길이라도 조금의 기적은 반드시 일어날 거라 믿게 될 것 같아. 너는?"

나는 눈가를 문질러 닦고 웃으며 고개를 끄덕였다.

발아래 진창 때문에 걷기 힘들어도,
그 덕에 늪으로 미끄러지지 않을 수 있음을,
어둠이 잠시 눈앞을 가린다고 해도,
그 덕에 희미한 빛을 발견할 수 있음을,
낭떠러지 끝에서 손을 놓아버린 사람이,
어디선가 밧줄을 찾아들고 나타나
나를 구해 줄 것임을 우리는 믿을 수 있게 되었다.

위 이야기는 사진작가인 친구가 자기 인생에서 가장 위험하거나 가장 힘들었던 일은 아니지만, 가장 잊기 힘든 여행이라며 들려준 경험담이다. 이 여행 이후로 그녀는 아무리 엉망진창인 것 같은 일도, 형편없어 보이는 경험도, 지나고 보면 그렇게 나쁘지만은 않을지 모른다는 생각을 하게 되었다고 했다.

"현주는 어떻게 됐어? 여행 갔다가 죽을 뻔했으니, 더 이상 여행은 안 다니려나?"
"아니, 전혀. 지금도 잘만 다녀. 우리 넷이랑, 사시사철 때맞춰서."
"진짜? 가족들이 반대 안 해? 정말 위험했잖아."

친구는 씩 웃었다.

"어머니가 그러시더래. '그 친구들하고 가는 여행이면 안심할 수 있다. 어딜 가든 널 죽게 내버려 두지는 않을 테니까'."

낯선 곳으로 떠나는 여행에서는 바로 다음 순간에 무슨 일이 벌어질지 알 수 없다. 혼자가 아니라 동행이 있다면 더더욱 그렇다. 예측할 수 있는 점은 단 하나, 모든 것이 일상과 달리 익숙하지 않으리라는 것뿐이다.

다행히도 우리에겐 서로가 있다.
낯선 곳에서도 돌아보면 마주 웃어 주는
낯익은 얼굴이 있다.
그렇기에 낯섦이 기쁨이 될지,
두려움이 될지 모르면서도 용감히 길을 떠날 수 있다.
기대를 안고, 씩씩하게.